L'ANNÉE DES MÉDUSES

Du même auteur

AUX MÊMES ÉDITIONS

Mortelle
Prix Hermès, 1968
(coll. Points-Roman, 1983)

La Nuit américaine
Prix Renaudot, 1972

Le Rêve du singe fou
1976

Josepha
1979

Le Chevalier et la Reine
1981

CHRISTOPHER FRANK

L'ANNÉE DES MÉDUSES

roman

ÉDITIONS DU SEUIL
*27, rue Jacob, Paris VIe*

ISBN 2-02-006753-6

Pour ma fille,
Camille.

Hello, darkness, my old friend,
I've come to talk with you again.

Paul Simon.

I

Beautiful people

Juillet.

Mer Méditerranée.

Une plage blanche avec des parasols à damiers rouges et verts.

Bar, boutique, salon de coiffure et cabines, bâtis dans un style pseudo-tahitien, masquaient partiellement le restaurant, sa terrasse, et derrière une haie de hauts roseaux, le « jaccouzi » dont la responsable, Nelly, jeune et lourde punk brune, barbotait dans les bulles à longueur de journée comme un éléphant de mer.

Au bar, Aldo, maigre et amer, transpirait sous le toit de paille, agitait ses mixers, délogeait ses glaçons, coupait ses oranges tout en ruminant la lettre qu'il avait reçue le matin même de son ex-épouse, laquelle lui réclamait de l'argent et refusait énergiquement de lui confier leur fille Marion la deuxième semaine de septembre.

– Eh, Aldo, ça vient, oui ?

– Aldo, merde, et mon Pimm's ?

– Ouais, minute! grommelait Aldo, claquant les portes du frigo et se dandinant derrière son comptoir. (Il avait envie de faire pipi.)

Beaucoup de monde, comme d'habitude. Au bar, aux tables, sur les matelas. Familles avec enfants près de l'eau, le tout-venant au milieu, et, vers le haut, près des tables de backgammon, les *beautiful people,* argentés ou fauchés, héritières ou micheton-neuses, joueurs, cadres solitaires, alcooliques, dactylos opportunistes et comédiens au chômage.

Chris écoutait tout cela les yeux fermés : la mer, Aldo, les enfants, un cabin-cruiser vrombissant à cinquante mètres du rivage, et surtout un jeune couple d'Allemands qui conversaient à voix basse près de son matelas.

Elle ne comprenait pas un mot d'allemand. Elle essayait de deviner par le ton et les inflexions la teneur de leurs propos. Elle y arrivait très bien.

Chris avait seize ans cette année-là, petite statuette bronzée aux yeux verts, aux cheveux presque noirs. A peu près parfaite. Et cette année, pour la première fois, on la regardait davantage que sa mère. Laquelle, revenant de la douche, l'arrosa de gouttelettes en s'allongeant sur le matelas voisin.

– Tu dors? demanda Claude.

– Mmmm, fit Chris, qui écoutait le couple allemand.

– Vic propose qu'on déjeune avec lui et Marianne au *Quatre-vingts.* Tu veux venir?

– Je ne sais pas.

Chris ouvrit un œil, tendit le bras pour attraper les cigarettes de sa mère.

– J'ai soif, dit Claude.

Elle installait face au soleil son corps un peu plus lourd, aux contours un peu moins nets, mais beau et plus que désirable. Le moindre de ses mouvements et chacun de ses regards portaient le soupçon d'une promesse, une secrète disponibilité. Quarante ans, les mêmes yeux verts que Chris, moins de régularité mais plus de finesse dans les traits, des cheveux plus courts et plus clairs, Claude opposait à la beauté lisse et presque fermée de sa fille la douceur et le charme de sa fêlure : son âge; son âge qui l'obsédait insidieusement, expliquait ses absences moroses, provoquait dans son comportement de subits et imprévisibles dérapages.

– Tu veux quoi? demanda Chris.

– Non, rien. Faut que je tienne jusqu'à midi.

Elle essayait de moins boire pour cause de calories.

Un cri lugubre s'éleva à proximité : « *France-Soir, Figaro, Elle, Match, VSD, le Monde...* » Lugubre, parce que le vendeur, maigre et velu, avait eu le matin même confirmation de ses pires craintes. Et s'il criait : « *France-Soir, Figaro* », il hurlait dans sa tête : « J'ai la chtouille » et maudissait Anne-Claire, molle et rousse fille à papa avec qui, par désœuvrement, il avait amélioré, si l'on peut dire, sa sieste, quatre jours plus tôt.

Depuis, elle était partie répandre sa blennorragie

sur d'autres rivages, et le malheureux Pascal restait avec non seulement ses gonocoques mais également, ô paradoxe, un sournois regret pour la lymphatique et infectieuse rouquine; il la cherchait malgré lui sur la plage surpeuplée, et ne la trouvait pas.

Claude acheta *Elle,* feuilleta les pages d'un doigt indolent. Chris se tourna sur le ventre, décida qu'il était temps de mettre des visages sur le couple allemand, leur jeta un regard.

Ils étaient jeunes, moins de trente ans, et conformes, pour l'essentiel, à l'idée qu'elle s'en était faite. Le garçon, un peu trapu, châtain clair, avait l'œil vigilant de qui est résolu à affronter le monde mais sans en mésestimer la complexité. Il devait, songea Chris, déjà bien gagner sa vie, mais n'en tirer ni gloire ni satisfaction, trop occupé à planifier les étapes futures de sa trajectoire professionnelle. Chris le plaça, au jugé, dans l'informatique ou alors dans l'industrie para-médicale (laser, cobalt, prothèses), à moins qu'il ne s'agisse d'un jeune magistrat. Possible aussi.

La fille, blonde, assez ronde et même un peu massive, possédait des yeux vifs et rieurs indiquant une fantaisie qui faisait manifestement défaut à son compagnon. Elle parlait plus vite et plus fort que lui, riait souvent au milieu d'une phrase, et son rire, qui secouait joliment sa poitrine pleine et lourde, avait le charme gargouillé des rires de bébé, de même que sa blondeur, peau et poil, et sa chair ronde la rendaient appétissante comme peuvent l'être les tout jeunes enfants.

Chris l'étudia un instant puis tourna la tête et rencontra le regard du garçon qu'elle soutint une seconde.

– Je me baigne, dit-elle.

– Déjà ? dit Claude, qui détestait l'eau de mer (nocive pour la peau, mauvaise pour le bronzage, désastreuse pour les cheveux) et ne se rafraîchissait qu'à la douche.

Chris enfonça sa cigarette dans le sable, se leva et gagna le bord de l'eau à pas lents, veillant à ne poser que la partie antérieure du pied pour ne pas alourdir sa démarche.

Elle savait, mais ne s'en assura d'aucune façon, que le jeune Allemand l'avait suivie du regard, qu'il la fixait encore de loin.

Elle plongea, exécuta sur vingt mètres le crawl très convenable qu'on lui avait enseigné au *Racing* tous les mercredis matin pendant cinq ans, revint sur le dos, sans hâte, et fit son habituelle et très étudiée « sortie » de l'eau.

On pouvait difficilement ne pas la regarder. Des pieds à la tête, elle n'offrait à la critique aucune prise. Les hanches de nymphe, le dos étroit opposé (c'est une règle anatomique imprescriptible) à la poitrine très pleine, haut placée, aux pointes petites et sombres, les cuisses longues, fines et musclées, la chevelure d'encre et le visage plus régulier que beau mais comme illuminé par l'éclat des yeux verts,

Chris était très exactement ce qu'elle voulait être. Il n'y a pas, surtout pour une adolescente, privilège plus rare.

– Ça va, Salomé ? dit une voix.

Chris s'arrêta, regarda Romain assis en jean et chaussettes de tennis sur le matelas d'une jeune blonde trop maquillée. Bronzé, pas rasé, hirsute, il mangeait un croissant.

Chris s'accroupit, lui prit le croissant, mordit dedans et le lui restitua.

– Qu'est-ce qui t'arrive, aujourd'hui ? Tu n'es jamais là avant une heure. Tombé du lit ?

– Non, dit Romain, j'y suis jamais arrivé, au lit.

– Ah, dit Chris.

Elle se tourna vers la blonde, revint à Romain.

– Dorothée, dit Romain, la présentant.

– Vous vous appelez Salomé ? demanda la blonde avec quelque respect.

Chris lui jeta un regard de pur dédain.

– Non, dit-elle.

Elle se releva, secoua ses cheveux mouillés, s'éloigna.

Romain posa la tête sur le ventre de la blonde, ferma les yeux.

– Tu ne vas pas dormir ? demanda-t-elle.

– Dormir sur le ventre d'une pucelle, dit Romain.

– Quoi ?

– Hamlet, dit Romain, enfin je crois.

Il s'endormit.

Dorothée se mordit la lèvre. C'était bien la première fois qu'un individu dont elle connaissait tout juste le prénom s'endormait sur elle en public.

Le matin même, vers cinq heures, alors qu'elle prenait un crème sur le port avec son amie Miriam, après une nuit décevante dans une boîte « ringarde » (elles s'étaient promis de trouver la « bonne » le lendemain soir), Romain était apparu sur une gigantesque et antique Harley-Davidson, longeant le quai où les yachts somnolaient côte à côte.

Sans l'ombre d'une hésitation, il s'était installé à la table des filles comme s'il les connaissait, comme s'il avait été convenu qu'ils se retrouveraient à cette heure et à cet endroit.

– Ben, mon vieux..., avait-il dit, à l'intention de personne en particulier.

Puis il avait hurlé « Café! » au garçon qui passait au loin, avant de voler une Peter Stuyvesant à Miriam.

Dorothée avait échangé un regard avec Miriam, étouffé un gloussement.

Hâlé, débraillé et pas rasé depuis un moment, l'œil bleu et vif, le nez de travers, fortement bâti mais un peu enrobé, il faisait penser à un chat.

– J'ai la flemme d'aller me coucher, avait-il annoncé.

Suivi de :

– Z'étiez où, vous?

– Au *Zamie,* dit Dorothée avec une moue.

– Pas terrible?

Les deux filles avaient secoué la tête.

Un silence avait plané, et le café de Romain était arrivé.

– Et vous ? avait demandé Miriam, qui était brune, frisée, épaisse de traits, un peu myope. Vous étiez où ?

– Chez des gens...

Romain avait haussé les épaules, vaguement exaspéré.

– S'il y a une chose qui m'emmerde, avait-il continué, c'est les partouzes. Pas vous ?

Prises de court, Dorothée et Miriam l'avaient assuré qu'elles n'en étaient pas friandes non plus.

– Je suis Romain, avait-il poursuivi, soudain. Et vous ?

Pas je m'appelle, je « suis », Romain tenait tout entier dans cette nuance.

Dorothée et Miriam s'étaient présentées, lui avaient révélé qu'elles étaient toutes deux facturières au Printemps.

– C'est bien, avait dit Romain, approuvant on ne sait trop quoi. Le Printemps ? Les factures ?

Encore un silence.

Et Dorothée avait dit, comme ça, pour meubler :

– Elle est cake, votre moto.

– Elle est cake, avait confirmé Romain, mais elle n'est pas à moi.

Et puis Miriam avait déclaré qu'elle rentrait se coucher, et Dorothée n'ayant manifesté aucune envie d'en faire autant s'était retrouvée à l'arrière de la moto roulant à tombeau ouvert dans les rues désertes, agrippée à Romain et regrettant un peu de n'avoir pas suivi Miriam.

Romain l'avait emmenée chez une copine qui « faisait ses croissants elle-même », laquelle habitait une villa sur la hauteur qui se révéla fermée et muette. Romain avait bombardé les volets de gravillons, injurié « cette conne » qui devait cuver son vin avec son « connard » de mari, et ils étaient repartis, partout et nulle part, mais toujours à toute vitesse, se parlant peu (la moto ne facilite pas la conversation) et sans que Dorothée sache qui était Romain, d'où il sortait ni ce qu'il voulait (pas moi, en tout cas, avait-elle pensé avec une légère tristesse).

A neuf heures, ils s'étaient trouvés sur la plage où ils avaient aidé Jean-Paul, le plagiste, à disposer ses matelas, ses tables, ses parasols. « Un type extra, avait dit Romain, tu peux y aller. » Dorothée avait préféré ne pas comprendre.

Tout en muscles, avec la démarche chaloupée du marin et des oreilles d'une taille extravagante, Jean-Paul avait tout de suite déplu à Dorothée car il la dévisageait très exactement comme elle aurait souhaité que Romain le fît.

Enfin, elle s'était écroulée sur un matelas offert gracieusement par Jean-Paul, et Romain avait disparu derrière le restaurant à la recherche d'un copain italien qui campait dans le parking avec sa chienne, laquelle serait sur le point de mettre bas.

Il était réapparu un peu avant onze heures, torse

nu et en chaussettes, pour annoncer qu'il avait en personne aidé Gilda à mettre au monde six superbes chiots, que la nature était une chose merveilleuse, et que jusqu'à sa mort il en voudrait à la femme qui l'avait « empêché » de devenir vétérinaire.

Après quoi, il s'était affaissé sur le matelas de Dorothée, posant la main sur sa cuisse avec une familiarité désinvolte frisant l'indifférence.

A cet instant, avait surgi de la mer la jeune bourgeoise aux yeux verts et au corps de rêve, qu'il avait appelée « Salomé » mais qui ne se nommait pas Salomé, et à côté de laquelle, avec une amère lucidité, Dorothée s'était sentie aussi désirable qu'un manteau de lapin à côté d'une étole d'hermine.

A présent, il dormait, et en dormant la serrait douillettement contre lui, sa joue râpeuse contre la peau tiède de son ventre.

C'est ainsi que Miriam les trouva vers midi.

– Ben, dis donc, dit-elle, quittant son paréo et prenant glace, peigne et produit solaire dans son sac de plage, ça a progressé, je vois...

– Ne te fie pas aux apparences, dit Dorothée.

Et elle narra, *sotto voce* mais dans le détail, son éprouvante matinée.

– Dur, dit Miriam, étudiant Romain avec curiosité. Tu crois qu'il va dormir longtemps comme ça ?

A midi pile, se félicitant de son sérieux, Claude se rendit au bar pour le premier « baby » de la journée. Aldo la servit avec la célérité qui récompense une longue série de pourboires excessifs, et lui conseilla, au cas où elle désirait déjeuner, de réserver sa table car on attendait un « arrivage » de Cannes. De la tête, il désigna au large un imposant Riva 45 qui se rapprochait.

– T'es gentil, dit Claude, mais je déjeune au *Quatre-vingts*.

– Okay, dit Aldo.

Il empocha le billet de cent francs, s'en alla aligner des Bloody Mary à l'autre bout du comptoir.

Claude se tourna, leva son verre, savoura la première gorgée. Elle parcourut la plage des yeux, constata que Chris était à présent appuyée sur les coudes en conversation avec le jeune couple d'Allemands.

Il vint à l'esprit de Claude qu'elle ne voyait jamais Chris lier connaissance avec qui que ce soit. Une minute, elle ignorait totalement la personne, la minute suivante, ils riaient ensemble. L'instant précis où le contact s'établissait lui échappait toujours.

– Comment va Pierre ? demanda une voix.

Elle se tourna, sourit sans chaleur à l'homme corpulent et velu qui quittait le comptoir deux verres dans chaque main.

– Ça va.

– Il ne vient pas du tout, cette année ?

– Oh si. Il passera sûrement. Vous savez comment

il est. Il va débarquer un beau matin quand on ne l'attend plus.

– S'il vous appelle, dites-lui que j'ai loué des planches. On lui apprendra.

– Je lui dirai.

– Et Christine ? Pas là non plus ?

– Si, si.

Elle désigna sa fille de la tête. L'homme pivota, localisa Chris sur son matelas, ouvrit de grands yeux.

– Dites donc, elle a grandi, hein !

Elle vit très distinctement la concupiscence naître dans les petits yeux plats de l'homme d'affaires, n'en conçut aucune émotion particulière, si ce n'est un léger accroissement du dédain qu'elle avait toujours éprouvé pour ce courtisan qui travaillait à l'ombre de son mari, le cultivait soigneusement en attendant l'heure et le lieu où il tenterait de le trahir à son profit. Elle l'en savait incapable et voyait dans son opportunisme une simple manifestation de vulgarité, car elle trouvait vulgaire plus que tout l'incapacité à définir et garder sa juste place.

– Et votre femme, ça va ?

L'homme leva deux verres en direction de sa famille attablée qui attendait les boissons.

– Catherine ? Très bien.

Claude connaissait parfaitement le prénom de l'épouse de Philippe Ostreich, mais en disant « votre femme », elle obligeait l'homme à le lui rappeler. Elle recommencerait à la prochaine occasion, et

Ostreich devrait sourire et admettre une fois de plus qu'il n'y avait pas place dans la tête de Claude pour le prénom de sa femme.

Puéril tout ça, pensa Claude, mais satisfaisant. L'idée lui vint que cette année, peut-être, elle allait s'ennuyer. Elle regarda Ostreich rejoindre les siens, distribuer ses verres. Il avait deux filles, une brune anémique qui faisait de brillantes études et envisageait le suicide chaque fois qu'elle passait devant un miroir et une fillette boulotte et boutonneuse qui ne songeait qu'à manger. Quant à l'épouse, elle était terne, dévouée et soupçonneuse. Ostreich les appelait ses « trois grâces » avec suffisamment de doigté dans l'intonation pour qu'on ne puisse dire s'il y avait ou non ironie. « Ils sont déprimants », avait décrété Claude un jour, et son mari l'avait dévisagée, un peu surpris. Il n'avait jamais regardé, à plus forte raison étudié, les « trois grâces ». La famille d'Ostreich, c'était son affaire, et, le cas échéant, sa déprime. Pas celle de Claude.

Claude vida son verre, en commanda un autre. C'était la faute d'Ostreich, pensa-t-elle. Et aussitôt après : une vraie alcoolique, je cherche des excuses pour boire.

Elle emporta son verre jusqu'aux matelas.

– J'ai vu Ostreich, dit-elle, s'asseyant et dégrafant le haut de son maillot.

Chaque année, elle le remettait pour se déplacer sur la plage, ne découvrant sa poitrine que sur son matelas. Et jusqu'à présent, Chris s'était moquée d'elle. Cette année, elle n'avait rien dit. Et Claude s'était interdit d'analyser ce mutisme. Mieux valait ne pas y penser.

– Le porc ? demanda Chris.

– Lui-même.

Le jeune couple allemand était parti se baigner ou déjeuner.

– Qu'est-ce qu'ils t'ont raconté, les Allemands ?

– Rien.

A en croire Chris, la quasi-totalité de ses conversations avec autrui se résumait ainsi : rien.

La navette de la plage était partie chercher les passagers du gros Riva qui venait de mouiller à la distance réglementaire de la plage. A son retour, à l'instant même où les estivants grimpaient sur la jetée, Romain se réveilla. Il s'étira, se frotta la tête, repéra aussitôt le gros cabin-cruiser au large, puis les invités qui accostaient.

– C'est Guttaz! annonça-t-il, Guttaz et sa bande...

Il regarda Dorothée, quêtant une confirmation qu'elle pouvait difficilement lui donner, sourit.

– Dorothée, ma toute belle, t'as de la chance.

Il l'embrassa sur le bout du nez, se leva et se dirigea vers le ponton où Dorothée et Miriam le virent serrer dans ses bras un homme élégant aux allures de patricien romain.

Sous le soleil vertical, la chaleur augmentait. Une

chaleur blanche qui étouffait les sons, faisait vibrer l'air.

– Allons déjeuner, dit Claude. Fait trop chaud.

– Dix minutes, dit Chris, qui se plaisait dans la fournaise.

Elle s'ouvrait au soleil comme une plante, la bouche gourmande, les yeux fermés.

– A trente ans, tu ne seras plus qu'un vieux machin desséché et ridé, dit Claude.

– Tant pis, dit Chris.

Dans la mer, assez loin et détaché du gros des baigneurs, le couple allemand s'embrassait en riant. La fille serra l'homme contre elle, lui dit quelque chose à l'oreille.

Ils essayèrent de faire l'amour, n'y arrivèrent pas, mais s'amusèrent bien. Ils sortirent de l'eau enlacés, gagnèrent le restaurant. En chemin, ils passèrent par les matelas prendre cigarettes et argent. Claude et Chris étaient parties.

– On déjeune ici? demanda Dorothée.

– T'es malade? Tu sais ce que ça coûte?

Miriam secouait la tête avec commisération.

– Bon, allons au bar, on se fera peut-être inviter.

Elles se levèrent, gagnèrent le bar d'un pas un

peu vacillant, abruties par la chaleur, commandèrent des sodas.

Aldo, qui était un vrai professionnel, les servit promptement, puis s'éclipsa pour aller dire un mot à deux quadragénaires plus brûlés que bronzés qui lui avaient laissé des instructions précises et un gros pourboire le matin même.

Mais à peine eut-il franchi la première rangée de tables qu'un bras musclé s'interposait, l'arrêtait net.

– Où tu vas, comme ça? demanda Romain, qui avait le don de sortir de nulle part quand il le fallait.

– Bon, bon, dit Aldo, soudain mal à l'aise, je ne savais pas. Fallait me le dire.

– Non, mon Aldo, je n'avais rien à te dire. C'est toi qui dois d'abord me demander. D'accord?

– Okay, dit Aldo.

– Ces deux-là, tu les laisses consommer, tu les pousses à faire une ardoise, et tu me laisses faire.

– Oui, dit Aldo, et moi, dans tout ça?

– Aldo, mon grand, est-ce que je t'ai déjà oublié?

Et Romain, vêtu à présent d'un débardeur tout neuf d'une agréable teinte parme, repartit en direction du restaurant.

Pendant une heure, Dorothée et Miriam firent durer leurs Cocas, avant de s'avouer vaincues. Elles se rendirent discrètement sur la plage publique voisine où elles achetèrent des hot-dogs et des frites.

– Demain, on se débrouillera mieux, dit Dorothée.

– Il y a intérêt, dit Miriam.

La légende voulait que Fitzgerald, Ezra Pound et autre Isadora Duncan aient fréquenté le *Quatre-vingts* à une époque où cette partie de la côte jouissait de l'indifférence générale, les bains de mer et surtout l'exposition au brutal soleil du Midi étant l'apanage de quelques Anglo-Saxons téméraires et pittoresques.

En retrait de la plage et abrité des regards curieux par une végétation soigneusement entretenue, on y croisait encore un nombre appréciable de célébrités et quelques « anciens » nostalgiques, amers mais indéracinables.

Parmi ces derniers, plus nostalgique et plus indéracinable que quiconque : Guillaume Lamotte, dont la peinture (un complaisant mais pas désagréable mélange de Van Dongen et de Klimt) avait eu avant-guerre une renommée considérable.

Au faîte de sa gloire, Lamotte avait épousé une Américaine de Philadelphie qui lui donna un fils puis mourut à trente-quatre ans du tétanos (elle s'était coupé un doigt en resanglant son cheval).

Il resta à Lamotte à élever leur fils, Victor-Alain, et à gérer la fortune non négligeable laissée par son épouse. Il s'acquitta fort bien de cette double tâche (à ses yeux en tout cas), abandonna sa peinture qui, au demeurant, se vendait de moins en moins, et s'attacha à jouir au mieux de la vie, de son argent, et des femmes qui défilèrent nombreuses dans son appartement de Passy, sa gentilhommière de Choisel, sa villa du Var.

Son hédonisme stylé, très avant-guerre, provoqua chez Victor-Alain (qu'on appelait Vic) un très prévisible mais brutal rejet de son mode de vie. Diplômé de Sciences-Po, puis banquier avisé, Vic se maria à vingt-deux ans, s'empressa d'avoir des enfants et fit de la stabilité conjugale et de la vie familiale un sacerdoce qu'il endossa avec ferveur.

Parmi ses amis de Sciences-Po, se trouvait un grand garçon brun, rigolard et bûcheur nommé Robert dont la sœur cadette préparait sa médecine. C'était l'époque des surprises-parties, des appartements investis en l'absence des parents pour danser au rythme de *Diana, Only you* et autre *Smoke gets in your eyes* avec une laborieuse lenteur, mains moites et les yeux dans les yeux. Les filles portaient robes Vichy et ballerines, les garçons costumes étriqués et chemises nylon.

Robert, un soir d'été, traîna un Vic très réticent à l'une de ces « surpattes » et lui mit d'autorité sa sœur Claude dans les bras. Aux accents geignards de *Dream, dream, dream* (souvenez-vous, les Everly Brothers...), Claude et Vic tournèrent dans la pénombre et se racontèrent l'un à l'autre. Claude se consumait à ce moment-là pour un vieillard de vingt-cinq ans qui ignorait jusqu'à son existence, et Vic avait déjà croisé chez un cousin de Strasbourg celle qu'il allait épouser trois ans plus tard. De cette commune indisponibilité sentimentale naquit une amitié qui durait encore vingt ans après.

Tous les ans, Vic faisait à son père la concession de passer avec femme et enfants le mois de juillet dans sa villa sur la côte, de l'accompagner au *Quatre-vingts* et ailleurs, de subir ses monologues et de les infliger à sa famille et ses amis.

Mais Claude aimait bien le vieux viveur, et Chris le trouvait « marrant ».

Le repas se passait plutôt bien.

Agé à présent de soixante-sept ans, Lamotte continuait à « savoir vivre ». Bronzé, dégageant des effluves de « Monsieur Guerlain », sa chemise largement ouverte sur ses poils blancs, il tutoyait la jeune serveuse, l'obligeait à rire poliment de ses plaisanteries, monopolisait le temps du sommelier en évoquant des crus rares et oubliés, racontait longuement pour la énième fois comment, avec son amie Zaza (une femme de lettres lesbienne dont le principal titre de gloire était d'avoir fait abandonner mari et enfants à l'épouse dévouée d'un premier ministre de la Troisième République), ils avaient, tel Livingstone dans le plus reculé coin d'Afrique noire, découvert et « lancé » cette « baie merveilleuse », ce « site enchanteur » que la plèbe envahissante, en cette fin du vingtième siècle, achevait de dégrader.

Vic serrait les dents et ne disait mot, sa femme, Marianne, blonde et fine, souriait et pensait à autre chose, tout comme leurs fils, Patrick et Daniel.

Claude, avec une certaine perversité, relançait Guillaume à la moindre occasion et Chris se consacrait tout entière à son assiette.

Personne, étudiant cette tablée vivante et somme toute banale, n'aurait pu deviner qu'entre Vic, subissant tête baissée les rabâchages d'un père qui l'horripilait, et Chris, découpant avec soin son bar au fenouil, planait un cadavre, tout petit certes, mais un cadavre néanmoins, au propre comme au figuré, Vic étant responsable du premier avortement de Chris.

II

Vic

Deux ans plus tôt, Chris (quatorze ans) faisait sa troisième dans une pension chic de Pontoise à la suite d'une quatrième catastrophique à Victor-Duruy.

Elle rentrait à la maison le samedi, généralement en train, parfois en voiture lorsque Claude se donnait la peine d'aller la chercher. Pour le retour, en revanche, on la ramenait toujours, les trains étant « mal fréquentés » le dimanche.

Il arriva au mois de décembre, peu avant les fêtes de Noël, un dimanche où Vic et les siens étaient venus déjeuner à la maison, avenue de Suffren, qu'il ne se trouvât personne pour reconduire Chris à sa pension. Pierre prenait un avion à seize heures pour Francfort et la voiture de Claude était en réparation. On discuta de la possibilité d'appeler un taxi, et Vic se proposa pour reconduire sa famille dans le dix-septième, puis continuer jusqu'à Pontoise déposer « la petite ».

– Mais non, pas la peine, avait dit Chris.

– J'insiste, avait dit Vic.

Et Marianne avait elle aussi insisté.

Deux heures plus tard, la 604 de Vic quittait Paris par la Défense et filait sur Pontoise à la nuit tombante.

Un curieux silence régnait dans la voiture. Vic préparait dans sa tête un rendez-vous délicat qu'il aurait à affronter le lendemain, commentait de temps à autre la circulation, le temps, déférant vaguement à la présence de l'adolescente qui hochait la tête, regardait devant elle, assise bien droite à côté de lui, opposant son profil silencieux de princesse égyptienne à ses tentatives molles de converser. Son immobilité muette finit par le troubler, et il se demanda si elle ne lui reprochait pas quelque chose.

– Tu avais un projet ? C'est pour ça que tu ne voulais pas que je t'accompagne ? Tu voulais rentrer seule ?

– Non, non.

Il lui jeta un regard. Elle le dévisageait gravement. Il fronça le sourcil.

– C'est à droite, là, dit-elle soudain.

– Ah oui, pardon.

Pendant dix minutes, elle le guida dans Pontoise. A trente mètres de la pension, il rangea la voiture.

– Tu préfères peut-être qu'on ne me voie pas te déposer ?

Il lui attribuait bêtement l'amour-propre des dix/douze ans, soucieux de paraître indépendants.

Elle le fixa sans répondre. Dans la pénombre, ses yeux verts avaient un éclat dense, envoûtant.

Il l'embrassa.

Sans réfléchir. Sans la moindre hésitation. Avant même de se poser la moindre question. Une impulsion immédiate et irrésistible à laquelle toute résistance était vaine.

Rencontra une bouche si tendre, si douce (« experte », aurait dit Romain) qu'une envie absurde de pleurer lui vint en l'embrassant.

Il se détacha enfin, se recula, retrouva les yeux verts, peut-être encore plus mystérieux et troubles que la minute d'avant, et retourna aux lèvres tièdes.

Un bon quart d'heure, sans échanger un mot, ils s'embrassèrent, et s'il lui prit le cou, et les épaules, et la main, jamais elle n'eut un geste vers lui, le regardant simplement et l'accueillant encore et toujours avec cette infinie douceur. Puis, calmement, elle dit :

– Il faut que j'y aille.

Il sursauta, reprit conscience de la rue, de la pension en face, d'elle, de lui, se couvrit d'une soudaine et froide transpiration.

Elle avait ouvert la portière, soulevé son cartable, descendait de voiture comme s'il ne s'était rien passé, s'éloigna de deux mètres et là se retourna, s'immobilisa.

Une enfant de quatorze ans avec son cartable qui le regardait.

Et repartit, tranquillement, traversa la rue, poussa une petite porte verte, disparut.

Il resta là. Suivit des yeux un épagneul breton qui déambulait seul sur le trottoir, puis plusieurs garçons et filles qui arrivèrent en chahutant et à leur tour passèrent la petite porte verte, et toujours il restait là, ne pouvant ou ne voulant pas reprendre le cours des choses.

Enfin il reprit la direction de Paris. Et se dit ce qu'un homme comme Vic ne pouvait manquer de se dire en pareil cas, qu'il avait commis un acte d'une grande laideur, trahi une amitié de vingt ans, bafoué des convictions encore plus anciennes et « sali » une enfant. Et tout cela, pour hideux que ce fût, n'était rien à côté de ce qu'il ressentait à présent, à côté de ce qui avait surgi en lui aussitôt évanoui l'ébahissement des premiers instants : cette exultation, ce chant sourd au fond de sa poitrine, ce bonheur.

Elle l'aimait.

Déjà il se disait : surtout qu'elle ne souffre pas. Il lui faudrait être attentif et prévoyant, lucide pour deux... Soudain, incongrue et inattendue, l'image de son père traversa l'esprit de Vic.

Son père penchant sa tête blanche pour baiser la jeune main de quelque minette. L'œil rieur et suave de Guillaume Lamotte, son vocabulaire nauséabond (il trouvait invariablement les femmes et les pièces de théâtre « charmantes », les idées « épatantes », les moments « délicieux », les seins « coquins » et les regards « mutins »), son infatigable appétit sexuel, son empressement indifférencié auprès de ce qu'il appelait avec gourmandise « le beau sexe ». Depuis l'âge de dix ans, Vic éprouvait une totale répulsion pour les mains manucurées de son père. Il les avait trop vues tapoter des genoux, flatter des nuques, frôler des hanches et s'attarder sur des cuisses.

Et voilà qu'il se posait la question : pouvait-il y avoir matière à comparaison entre les minutes exaltantes qu'il venait de vivre et le sport favori de Guillaume Lamotte ? A priori, c'était impensable, et pourtant il avait trente-huit ans, et Chris quatorze...

Un frisson le parcourut et il oublia son père au profit d'une autre notion, encore plus désagréable : la loi. Il venait d'enfreindre une loi, une loi qu'il aurait trouvée excellente et rien de moins qu'indispensable une heure plus tôt. Détournement de mineure... La formule, sèche et grave, pouvait-elle s'appliquer à un moment aussi tendre, aussi « magique » ? Elle pouvait.

A l'ombre des tours de la Défense, alors qu'il rentrait dans Paris, Vic perdit son bonheur.

Lui restaient une douleur, un besoin et la honte. Il les ramena chez lui, enfouis bien profond en lui-même.

Marianne, naturellement, remarqua aussitôt que le mari qu'elle avait vu partir à Pontoise ne ressemblait guère à celui qui en revenait. Il fit valoir un mal de tête, se coucha tôt et ne dormit pas.

Yeux fermés, immobile dans le noir, il passa et repassa, comme un disque dans sa tête, les quinze minutes avec Chris dans la voiture. A trois heures du matin, se leva pour aller arpenter le salon. A six, trouva enfin le sommeil que le réveil fracassa à sept.

Il déposa ses fils à l'école, gagna son bureau où rendez-vous et réunions s'enchaînèrent dans une sorte de brouillard. Il sursautait chaque fois que le téléphone sonnait, persuadé qu'elle allait l'appeler dans la journée. Elle n'appela pas.

Au milieu de la deuxième nuit, aussi blanche que la précédente, il se résolut à lui dire, quand elle l'appellerait, que pour elle, pour lui, pour Claude, pour Marianne, il fallait en rester là. Qu'il n'oublierait jamais ce qui s'était passé. Que, surtout, elle ne voie pas dans cette décision indifférence ou dédain ou calcul. Qu'elle sache combien elle lui coûtait. Mais qu'il fallait en rester là.

De la semaine, il n'en eut aucune nouvelle. En vint à se demander si la chose était réellement arrivée. Se montra alternativement irritable ou morose, à la maison comme au bureau.

Le jeudi, toujours sans nouvelles (il avait beaucoup compté sur le mercredi, était resté collé à son bureau toute la journée), il commença à comploter. Il appela Claude pour lui demander le numéro d'un ami commun (il aurait laissé son carnet personnel chez lui, et Marianne était chez le coiffeur), puis, l'ayant remerciée, comme une impulsion soudaine, lui proposa un dîner au restaurant à quatre pour le samedi.

– Si tu veux, dit Claude.

Ajoutant :

– En quel honneur ?

– Comme ça, dit Vic, faut une raison ?

– Non, dit Claude, si c'est toi qui payes...

Elle faisait invariablement ce genre de remarque, c'était ce que Chris appelait son « côté pute ».

– C'est moi, dit Vic. Parles-en à Pierre.

Marianne apprit l'invitation sans faire de commentaires, et Claude confirma le lendemain que Pierre serait libre.

Le plan de Vic était simple.

Une fois au restaurant, et assuré ainsi de ne tomber ni sur Claude ni sur Pierre, il prétexterait un coup de fil important à donner, et appellerait Chris. Restait à espérer qu'elle ne serait pas elle-même sortie. Mais Vic croyait savoir que Claude la trouvait encore jeune pour sortir seule, ne le lui permettant qu'exceptionnellement et avec toutes sortes de garanties.

Vic, bien entendu, avait trouvé l'explication du silence de Chris : elle n'osait pas l'appeler, devait attendre jour après jour, heure après heure, que lui se décidât, souffrait certainement, comme une toute jeune fille peut souffrir, de ne rien entendre. Il ne fallait plus qu'elle souffre.

Toutefois, à l'instant où il consultait sa montre au restaurant, se levait en parlant d'un acheteur allemand qui quittait Paris le soir même pour Rome, il fut frappé par le grotesque de la situation où il se trouvait : sur le point de s'éclipser d'une table où il dînait avec des amis pour appeler leur enfant. Quiconque, une semaine auparavant, lui aurait prédit cela se serait fait promptement rire au nez. Et alors qu'il descendait l'escalier à vis vers le téléphone, il se sentit plus que ridicule, profondément médiocre.

Tant et si bien qu'il décida d'abandonner; poussa la porte des toilettes et urina longuement avec l'impression de soulager non seulement sa vessie, mais également son cœur. Il retournerait là-haut rire avec ses amis, sa génération, son monde, et il ne penserait plus à elle, au quart d'heure devant la pension de Pontoise, aux yeux verts dans la pénombre, aux lèvres douces et appliquées.

Braguette refermée, pourboire déposé, il repassa devant le téléphone et s'arrêta. N'était-il pas égoïste? N'avait-il pas choisi la bonne solution pour lui? Et elle? Qui attendait... Ne lui devait-il pas à tout le moins une explication?

Il glissa le jeton dans l'appareil, composa le numéro.

– Allô ? dit Chris.

Il resta silencieux.

– Allô !

– Oui, dit Vic, c'est moi.

– Qui ça, moi ? demanda Chris.

– Vic.

– Ah salut, dit Chris, je vous croyais avec mes parents.

– Je t'appelle du restaurant, dit Chris.

– Ah bon ? dit Chris. Maman a oublié quelque chose ?

– Non, non, dit Vic.

Elle se demandait manifestement pourquoi il l'appelait, ne paraissait rien attendre de lui et n'éprouvait apparemment aucune émotion perceptible à le savoir au bout du fil. Choqué, pris de court, Vic resta gorge nouée.

– Allô ? dit Chris, croyant la communication coupée.

– Chris, dit Vic.

– Oui ?

– On va se voir ?

– J'sais pas, dit Chris. Si vous montez tout à l'heure et que j'suis pas couchée...

Encore un silence.

– Bon, dit Chris, faut que je vous laisse.

Elle était si laconique que Vic ne vit aucun moyen d'échapper à une ultime humiliation.

– Il vaudrait mieux ne pas dire à ta mère que j'ai appelé, dit-il.

– Bon, dit Chris, comme si elle lui concédait quelque chose dont elle ne percevait nullement la nécessité.

Il raccrocha.

Il était en sueur. S'épongea le front, voulut prendre une cigarette, s'aperçut qu'il les avait laissées sur la table. Étudia dans un miroir qu'on avait avec malveillance placé près du téléphone un homme de bientôt quarante ans avalant un fruit amer dont il pensait avoir oublié le goût.

Il monta rejoindre Marianne, Claude et Pierre, leur annonça que son affaire venait de se compliquer, espérant qu'ils y verraient l'explication de son silence durant le restant du repas.

Heureusement, Pierre racontait par le menu une longue et tragi-comique péripétie qu'il venait de vivre au Moyen-Orient, et Vic put assez facilement dissimuler son désarroi derrière le masque du convive attentif.

Pierre Rivault n'était pas n'importe qui.

Maîtrise de droit, Sciences-Po (Service public) et puis l'ENA, il était retourné à l'industrie privée par dégoût et lassitude après un passage météorique et chaotique aux Finances, à l'Industrie et au Plan. Convaincu que l'indécrottable « colbertisme » qui sous-tend la pensée économique en France ne saurait être entamé ni par la raison ni par les faits, il mit ses compétences à son propre service, devint l'homme des « missions impossibles ». Que ce soit pour relever une entreprise en difficulté, mener une OPA ou réussir un « merger », lui seul semblait capable d'aboutir là où d'autres échouaient ou s'enlisaient. Il récoltait, en fait, les fruits de ses désillusions. Sa connaissance des contradictions et des failles du système interventionniste, son mépris lucide pour les complaisances et collusions que sécrète l'économie mixte, lui permettaient de manipuler hommes et intérêts sans faillir. Aussi accueillait-il chacun de ses succès avec la satisfaction d'avoir réussi et l'amertume d'y être parvenu en profitant des failles qu'en d'autres temps il avait voulu en vain corriger.

En attendant, il faisait ce qu'il fallait pour s'enrichir et ne pas s'ennuyer, menait de front des activités multiples et des responsabilités variées, et entretenait avec sa femme et sa fille des rapports aisés mais un peu distants. Claude l'accusait parfois d'indifférence, de les négliger. Il la dévisageait avec étonnement et quelque impatience. Manquaient-elles de quelque chose? Avaient-elles à faire face à une difficulté ou un problème? Si c'était le cas, qu'on lui explique clairement de quoi il s'agissait et il ne s'épargnerait pas pour aplanir la difficulté ou résoudre le problème. Claude levait les yeux au ciel et renonçait. Ce qui était tout à fait le but recherché par Rivault qui, nous l'avons dit, n'était pas un imbécile.

En société, Pierre était drôle, incisif, impatient;

aidait les autres à finir leurs phrases ou à préciser leur pensée, trouvait à leurs arguments toutes sortes de prolongements inattendus, anticipait sur leurs conclusions et souvent les contestait avant même qu'ils aient eu le temps de les formuler. Si on manifestait de l'humeur à être ainsi bousculé, il fronçait le sourcil, perplexe et réellement surpris. Il gagnait du temps, mettait le problème dans sa vraie perspective et clarifiait le débat. De quoi se plaignait-on ? Ne voulait-on pas apprendre ? Il n'est pas évident que Pierre Rivault ait jamais tenu compte de l'amour-propre d'un interlocuteur, toute considération d'ordre psychologique relevant à ses yeux de l'enfantillage.

C'est pourtant cette forme perverse de cécité qui le rendait cher à Claude, car elle traduisait sa force et ne révélait aucune carence. Claude savait fort bien que Pierre, acculé à considérer ce qui lui répugnait plus que tout : le paysage intérieur de l'homme, s'en acquitterait non seulement avec bon sens et discernement mais trouverait moyen de bousculer pas mal de notions dites « acquises ». Il y avait, bien entendu, une part de « numéro » chez Rivault, un humour froid de « Lyonnais », qui la faisait rire, tout comme son goût de la provocation.

Elle l'avait vu, confronté à un éminent sociologue, lui expliquer très posément que sa science n'était pas, ne pouvait pas en être une, mais que si elle le nourrissait convenablement, il ne voyait vraiment pas en quoi elle pourrait nuire.

Avec Vic, qui était avant tout un ami de sa femme, il avait des rapports cordiaux mais limités. A Claude, après une soirée à quatre, il avait dit :

– C'est un faible.

– Bien sûr, répondit Claude, le dévisageant.

Elle n'essaya en aucune manière de justifier son amitié pour un « faible », laissant Pierre tirer la conclusion qu'il souhaiterait.

– Si tu le sais..., se contenta-t-il de remarquer.

Ce n'était pas l'amitié qu'il contestait, mais un éventuel manque de discernement. Rassuré sur ce point, il ne critiqua plus jamais Vic. Lequel, cela va sans dire, craignait Pierre Rivault en général, et jamais autant que ce soir-là, bien entendu.

Il savait que Claude, si elle venait à découvrir la vérité, ne lui pardonnerait jamais, le tiendrait en horreur, ne lui trouverait aucune excuse, mais pourrait néanmoins comprendre. Il n'en serait pas de même pour Pierre, qui n'avait pour les plus banals débordements de la libido aucune espèce de complaisance. On n'osait penser à sa réaction, elle était impossible à imaginer.

– Et toi, Vic?

Il sursauta, n'avait pas suivi la conversation, ne savait pas de quoi il s'agissait.

– Pardon?

– Il rêvait, dit Claude. Elle est jolie, au moins?

Marianne sourit. Pierre secoua la tête.

– Je te demande si tu prends du café?

– Non, non, pas le soir.

Pierre fut le seul à en boire. Il dormait comme un bébé depuis toujours, avec ou sans café.

Ils n'avaient pris qu'une voiture pour ne pas avoir à en garer deux, et c'est dans la 604 de Vic qu'ils se retrouvèrent tous les quatre devant l'immeuble des Rivault, avenue de Suffren.

– Montez prendre un verre? proposa Claude.

C'était pure courtoisie. Ils étaient tous fatigués, la soirée se terminait.

– Oui, mais pas longtemps, dit Vic.

Marianne le regarda avec étonnement. Pourquoi voulait-il prolonger une soirée à laquelle il n'avait contribué pour la majeure partie que par un silence morose?

Chris, apparemment, s'était couchée. Elle ne se trouvait pas en tout cas dans le vaste salon dont Claude faisait le tour allumant toutes sortes de lampes, pendant que Pierre s'activait au bar.

Étendu au beau milieu de la moquette, sa grosse tête calée entre ses puissantes pattes, dormait Howard, un dogue allemand noir, énorme, dont l'existence avait contraint la famille Rivault à rouler dans un break Pontiac de cinq mètres de long,

Howard remplissant à lui seul tout véhicule de dimensions européennes.

Né la même année, et d'ailleurs le même mois, que Chris, Howard accusait les premiers signes de l'âge. Il devenait très sourd. Autrefois, dès le bruit de la clef dans la serrure, il se serait précipité, tortillant de l'arrière-train et donnant de la voix, qu'il avait basse et ronde comme un orgue.

– Pauvre Howard, dit Marianne, contemplant la grande masse noire, inerte, déchue par son infirmité.

– Ben oui, dit Claude. Remarque, c'est reposant.

Vic s'était installé dans un grand fauteuil, Marianne sur le canapé.

Sous un abat-jour blanc, dans un joli cadre ancien en marqueterie, Chris regardait Vic. La photo devait avoir au moins deux ans, le visage plus rond, moins défini, les yeux verts dégageaient infiniment moins d'assurance.

– Comment va Chris ? demanda Vic, pour le seul plaisir de prononcer son nom.

– Ça va, dit Claude. Mieux que l'année dernière en tout cas.

– Il y a toujours une mauvaise année, dit Pierre. Pour Christine, c'était la quatrième, voilà tout.

Il n'aimait pas le surnom dont tout le monde usait pour sa fille, lui conservait toujours le vrai prénom.

Marianne parlait de Patrick et Daniel, des difficultés scolaires que connaissait le premier, des facilités du second. Vic, qui avait une passion pour son cadet, défendit Daniel, lui trouvant toutes sortes de qualités secrètes.

Tout le monde s'ennuyait, avait hâte d'en finir.

– Je fais pipi et on s'en va, dit Vic, se levant.

Il quitta le salon, longea le couloir, et son cœur se mit à battre fort tandis qu'il approchait de la chambre de Chris dont il voyait la porte entrouverte.

Un profond silence régnait dans cette partie arrière de l'appartement souligné par les bribes de rires et de conversation qui lui parvenaient du salon.

Il s'arrêta devant la porte, la poussa doucement. A la lumière du couloir parurent successivement le petit bureau, le piano, la commode et enfin le lit de Chris.

Elle dormait. Un bras nu étreignait l'oreiller où reposait le visage enfoui dans la chevelure sombre qui ruisselait sur les épaules et une partie du dos.

Aucun bruit perceptible, si ce n'est le tic-tac d'un gros réveil rétro sur la table de chevet. Vic avança, s'accroupit tout près de Chris. Elle sentait bon. Non pas le parfum, plutôt le savon ou le shampooing, une odeur douce et légère, l'odeur d'une enfant.

L'enfant ouvrit les yeux.

Deux yeux verts qui ne manifestèrent aucune surprise à découvrir le visage de Vic à quelques centimètres du sien, qui l'étudièrent avec sérénité, et même une sorte de tendresse, lointaine et vaguement maternelle.

Il s'avança encore pour l'embrasser sur la joue,

mais elle tourna la tête, prit le baiser sur la bouche, sourit, et replongea dans le sommeil.

Vic fredonna sur tout le chemin du retour.

Lorsque Marianne lui demanda pourquoi il avait voulu monter prendre ce verre inutile, il répondit avec aisance qu'il avait accepté d'abord et réfléchi après, et qu'en effet, le verre ne s'imposait d'aucune façon.

Et se remit à fredonner.

Il avait depuis le dimanche précédent tellement pensé à Chris, et pris à son égard tant de résolutions aussi fermes que contradictoires, qu'il se refusait désormais à toute analyse ou réflexion. Le baiser tiède de Chris endormie était sur ses lèvres et cela seul importait.

Pour le reste, on verrait bien.

Le mercredi suivant, Chris l'appela au bureau en début d'après-midi. Après que la standardiste eut annoncé « Mademoiselle Rivault », Vic resta un instant figé avant de prendre la ligne.

– Oui ?

– Je vous dérange ? demanda Chris.

– Pas du tout. Où es-tu ?

– A Paris, dit Chris.

Ajoutant après un temps :

– ... Avec une amie.

– Ah, d'accord, dit Vic.

Il consulta rapidement son agenda.

– On peut peut-être se voir ? dit-il.

– Si vous voulez, dit Chris. Vous voyez le café au coin de l'avenue Rapp ?

– Près du Champ-de-Mars ? Un tabac ?

– Oui, c'est ça. On est là.

Il n'éprouva ni joie ni satisfaction à se rendre au rendez-vous. Il se sentait mû par des impulsions si anarchiques, si rebelles à l'analyse, qu'il leur obéissait comme un somnambule, sans protester et sans comprendre.

Il voulait Chris. Il se sentait victime d'une fringale soudaine et incongrue telle qu'on en prête aux femmes enceintes : fraises en janvier, porc à la sauce aigre-douce à quatre heures du matin, Chris Rivault, quatorze ans, écolière et fille de ma meilleure amie. C'était grotesque, insensé, sordide. C'était comme ça.

Assise au fond de la salle, avec une jeune Eurasienne d'environ dix-huit ans, elle buvait un Coca-Cola.

Vic l'embrassa sur la joue, serra la main de l'Eurasienne dont il apprit qu'elle s'appelait Tani, qu'elle était surveillante à la pension de Pontoise et, de toute évidence, cautionnait cette virée à Paris le mercredi après-midi. Elle dévisagea Vic avec détachement.

– Alors ? demanda Vic, enjoué, paternel, ridicule.

Ni Chris ni la douce et dédaigneuse Tani ne se donnèrent la peine de répondre. Chris avait l'œil un peu rouge et s'obstinait à fixer son verre, lèvres serrées, butée. Tani, extrêmement délicate de traits, fine et imperturbable, l'observait de côté.

Finalement, elle fouilla dans sa poche, jeta une clef sur la table, se leva et quitta le café sans un regard pour Vic.

La satisfaction se peignit sur le visage de Chris, qui regarda Tani s'éloigner, puis se pencha pour prendre la main de Vic.

– Parfois elle est chiante, dit-elle. On y va ?

Gaie, brusquement, et chaleureuse, elle lui prit le bras sur le trottoir.

– Où est votre voiture ?

– Par là.

Assise dans la 604, ses mains glissées entre ses cuisses pour les réchauffer, elle le pilota vers une rue étroite derrière la place Breteuil.

A un feu rouge, elle se mit soudain à rire.

– Quoi ? demanda-t-il.

– Non. Je pensais à Perrot.

– Perrot ?

– La prof de bio.

Elle lui raconta avec des gloussements une anecdote de classe à laquelle Vic ne trouva ni sens ni saveur. Il rit poliment.

Chris fit sauter la clef donnée par Tani dans sa main, se pelotonna contre Vic qui lui entoura les épaules du bras.

– Vous pouvez chercher une place, c'est là.

La clef leur donna accès à une chambre de bonne aménagée dans la coupole d'un immeuble du dix-neuvième siècle. Un lit, un lavabo, deux chaises, des disques empilés près de la chaîne stéréo, des vêtements pendus un peu partout.

Chris alla tout droit fouiller dans les disques.

– Qui habite ici? demanda Vic.

– Tani, dit Chris retirant un disque de sa pochette et le posant sur la platine.

Elle ajouta :

– Quand elle est à Paris.

Une musique lyrique et atonale, répétitive et « planante » exécutée au synthétiseur, remplit la chambre.

Chris quitta son loden, s'assit au bord du lit, regarda Vic.

– J'avais tout arrangé, et à la dernière minute, juste avant que vous n'arriviez, elle a voulu changer d'avis. C'est pour ça que je lui faisais la gueule.

– Ça ne lui plaît peut-être pas qu'on vienne ici?

– Évidemment que ça ne lui plaît pas!

Il retira son pardessus, vint s'asseoir près d'elle, lui prit la main, l'embrassa. Cependant qu'il goûtait à la bouche de Chris, et plus encore quand il la déshabilla, passait et repassait dans sa tête cette phrase : « Pour ce que je suis en train de faire, il n'y a pas d'excuse. » Elle l'intriguait, cette phrase, et il se la répétait longtemps après en avoir épuisé puis évacué le sens. Ça lui rappelait quelque chose.

Chris se laissait adorer comme une reine, étendue, nue et ronde et ferme et totalement adorable, elle accordait sa personne, et ç'avait des allures de récompense, de cadeau; seule la lucidité de son œil vert niait la notion de don.

« Pour ce que je suis en train de faire, il n'y a pas... » Il aurait pu, il aurait dû s'arrêter là, avant qu'il ne soit trop tard, mais il voulait la trouver. La trouver elle. Enfouie dans ce corps passif, la vraie Chris attendait qu'il la trouve comme on attend sous l'escalier dans une partie de cache-cache.

Et il la trouverait et par là même justifierait cette chambre, ce lit, cet instant.

« Pour ce que je suis en train de faire... »

Alors qu'il manipulait Chris, et la couvrait de baisers, l'image incongrue de Heather Wilson-Stowe, une tante anglaise chez qui il avait passé des vacances vingt-cinq ans auparavant, lui traversa l'esprit. Et il avait trouvé non pas Chris (elle fuyait toujours et sa bouche et ses doigts) mais d'où venait l'écho... « *For what we are about to receive, may we be truly thankful...* » La prière anglaise au moment de se mettre à table. « Pour ce que je suis en train de faire... » Dérision.

Et il se souleva, et se glissa en elle (ne provoquant ni douleur ni plaisir perceptibles). Dans et sur Chris, mais pas avec elle, il gagna seul et rapidement non pas le plaisir mais le soulagement. Resta un moment haletant et humilié. Se souleva, chercha les yeux de Chris.

S'attendait à y trouver déception, frustration, tristesse, indifférence. Y découvrit un étonnement légèrement hostile.

– Vous êtes fou ou quoi?

Il se recula.

– Pourquoi?

Elle se dressa, secouant la tête.

– Je pensais quand même pas que vous feriez ça.

– Mais... quoi, Chris?

Elle se leva, gagna le lavabo, fit couler l'eau.

– En plus, il n'y a que de l'eau froide dans cette putain de piaule!

Il blêmit.

– Je pensais... enfin, j'étais sûr...

– Faut que je demande à ma mère pour avoir la pilule, vous croyez que c'est commode? Merde, c'est glacé...

– Je suis désolé.

Pas de réponse. Il la regarda, comme sortie d'un Degas, procéder sans pudeur à ses ablutions intimes dans la lumière grise et hivernale qui planait comme un très léger brouillard dans la chambre. Le disque s'était arrêté.

S'il ne l'avait jamais aimée auparavant, il l'aima à cet instant-là, avec l'eau glacée qui coulait sur ses jambes, et cette lumière froide qui dansait sur sa peau, et ses longs cheveux balayant son dos courbé, et sa jeune poitrine qui oscillait au moindre mouvement.

Il l'avait perdue.

Elle s'éloignait à chaque seconde. Il semblait à Vic voir les trois mètres qui les séparaient s'étirer sous ses yeux, et Chris rapetisser et filer vers l'horizon comme une étoile.

Ils se rhabillèrent. Rapidement et sans un mot. A la manière dont elle mettait ses habits, Vic retrouva certains gestes de ses propres enfants. Il la regarda épingler avec soin un badge « David Bowie » sur son chemisier. Elle leva la tête, le dévisagea, lui adressa un drôle de sourire, amical et distant.

– Vous voulez bien me déposer à Saint-Lazare ?

– Bien sûr.

– Quelle heure il est ?

– Quatre heures et quart.

– Ça va, je lui ai dit quatre heures quarante-cinq.

– A qui ?

Elle haussa les épaules.

– A Tani.

En effet, Tani attendait sous l'horloge de la Salle des Pas Perdus, drapée dans une immobilité tout orientale.

Chris s'arrêta, regarda Vic.

– Bon, dit-elle.

Dans les yeux verts de la gamine, Vic retrouva soudain ce qu'il avait pensé ne jamais plus y voir. Il se remit à espérer, et donc à craindre.

– Tu m'appelleras ?

– Oui, dit Chris.

Il se pencha pour l'embrasser. Elle détourna la bouche, lui offrit la joue.

– Salut.

Il la vit rejoindre Tani, lui faire la bise, la prendre par la taille. Les deux filles se dirigèrent, bavardant et riant, vers les quais.

Vic retourna au bureau.

Il n'eut aucune nouvelle pendant quinze jours, puis le téléphone sonna, avenue de Suffren, un samedi soir vers vingt et une heures.

Marianne et les enfants regardaient la télévision. Vic lisait le journal. Il se leva, alla décrocher dans le bureau pour ne pas les déranger.

– C'est moi, dit Chris. Vous pouvez venir ?

– Où ?

– A la maison.

– Mais...

– Ils sont sortis.

Il s'assit lentement.

– Je ne sais pas. Je vais essayer.

Il raccrocha, resta un moment immobile, puis alla endosser son pardessus.

En passant, il s'arrêta sur le seuil du salon.

– C'était Boulard. Faut que je fasse un saut au bureau prendre un dossier.

– Maintenant ?

– Oui, ils ont avancé le rendez-vous à lundi. Je ne serai pas prêt, autrement. J'en ai pour trois quarts d'heure.

Dans l'ascenseur, il songea avec un peu d'amertume que quinze années de fidélité exemplaire avaient rendu Marianne perméable aux alibis les moins crédibles.

Chris lui ouvrit en chemise de nuit, une pomme à la main, la bouche pleine.

Elle lui tendit la joue, puis se tourna pour regagner le salon où Howard, étalé de toute sa masse, dormait profondément, comme d'habitude.

Vic posa son pardessus, rejoignit Chris qui s'était débarrassée de sa pomme pour s'allonger sur la moquette près de Howard. Elle lui caressait la tête.

– Où sont-ils ?

– Au théâtre.

Il hocha la tête, s'assit sur le canapé.

Il y eut un long silence.

Elle posa un baiser sur le front ridé de Howard, puis se leva, vint s'asseoir tout près de Vic, prit sa main, l'embrassa, puis la glissa sous sa chemise de nuit contre la toison tiède.

– Vous avez des regrets?

Il la caressa, sentit les lèvres s'ouvrir, s'écarter, humides et accueillantes.

– Oui.

Il aurait fait au moins cette concession à sa dignité : un peu de franchise.

– Je me demande, dit-il, si plus tard, dans quelques années, il t'en restera quelque chose de tout ça, ou si tu auras tout effacé.

– Pourquoi effacé?

– Comme ça. Je ne sais pas.

Elle le regarda sans comprendre et, soudain, lui fit un clin d'œil, inattendu et amical.

– Vous êtes trop sérieux, dit-elle.

Le téléphone sonna.

Il sursauta, commença de reculer. Elle lui saisit la main pour l'empêcher de partir, et sans bouger décrocha l'appareil posé à côté du canapé.

– Oui? Papa?

Il se raidit, fit encore une tentative pour se dégager. Chris lui intima de l'œil et de la main de continuer ses caresses.

– Qu'est-ce qui t'arrive? Oui? Non, personne n'a appelé. Qui? Oui, d'accord. S'il appelle, je lui dis. Ouais. Rien, je bouquine. C'est l'entracte, là?

Elle avait ouvert davantage les jambes, fixait Vic de tout l'éclat de ses yeux verts.

– D'accord. Bisou.

Elle raccrocha, regarda Vic, referma les cuisses sur sa main, l'emprisonnant, sourit et s'écarta.

– Voulez boire quelque chose ?

Il secoua la tête.

– Qu'est-ce qu'il y a ?

– Rien, je n'arrive jamais à te donner...

Elle le regarda, sourit.

– C'est pas grave.

Il la trouva émouvante soudain, se baissa, releva et retira la chemise de nuit, embrassa les seins, le ventre lisse, voulut glisser plus bas.

– Non. Pas un homme.

Il se releva.

– Qu'est-ce que tu as dit ?

– Rien, j'aime pas.

– C'est pas ça que tu as dit.

– Eh ben, c'est ça que je voulais dire.

Elle s'éloigna, gênée et brusque, alla brancher le téléviseur, puis s'assit en tailleur, dos tourné, face à l'écran. C'était une émission de variétés, une chanteuse disco se démenait sur un podium lumineux. Chris commença à se dandiner avec la musique.

Il se leva, s'approcha d'elle, localisa la télécommande, coupa le téléviseur, regarda les cheveux sombres de Chris sur ses épaules nues.

– Tani, c'est ça ?

Elle haussa les épaules.

– Elle est à l'hosto, alors!

C'était la désinvolture agressive des enfants coupables.

– Comment ça? Depuis quand?

– Depuis hier.

– Pourquoi, qu'est-ce qu'elle a?

– Elle a avalé des trucs.

Il contourna Chris, mains dans les poches.

– A cause de toi?

– Je ne supporte pas d'être coincée. Pas le droit de faire ci, pas le droit de faire ça. Où tu vas? A qui tu écris? Pourquoi tu le regardes? Tu m'appelleras dimanche? Tu m'aimes? Laisse-moi te regarder. Si, je viens avec toi, j'irai à côté. Je t'écouterai faire pipi. T'es ma fille, t'es moi, t'es tout ce que j'ai jamais eu. Marre! Marre, marre, marre!

Elle avait tout débité avec rage, avec hargne, l'œil brillant de mépris et d'exaspération. Il contempla le petit sphinx nu et arrogant.

– A défaut d'amour, tu n'aurais pas un brin de compassion, non? Même pas?

– Ça vous va bien de dire ça. Elle a appelé votre femme la semaine dernière!

A la seconde il se couvrit de sueur.

– Quand?

– Mercredi. C'est pour ça que j'ai pas pu vous appeler.

– Elle a parlé à Marianne?

– Oui, enfin, non, elle a raccroché, quand j'ai promis de ne plus vous voir.

Elle tendit la main, appuya sur le bouton de la télécommande. La musique revint, brutale. Si brutale que Howard se réveilla. Il leva sa lourde tête, regarda Vic avec consternation. Il avait encore manqué à son devoir. Un instant, il envisagea d'aboyer, ou alors de lui faire fête, mais il sentit trop que le mal était fait. Alors, il reposa sa grosse tête sur ses pattes, l'œil morose et découragé.

Chris se trémoussait de nouveau au rythme de la musique, secouait ses seins et ses bras, et sa tête, dans une frénésie d'exubérance narcissique.

Vic, pâle et immobile, la fixait.

Chris lui jeta un regard comme étonnée qu'il soit encore là.

– Votre femme doit vous attendre, dit-elle.

– Oui, dit Vic.

Il alla chercher son pardessus, se retourna une dernière fois avant de sortir.

Chris se dandinait toujours sur la moquette, son dos lisse creusé, jetant ses longs cheveux à droite et à gauche.

Et c'était autant de coups de fouet dans le visage de Vic.

Admise à l'hôpital de Pontoise le samedi matin, Tani joua de malchance. Elle avait avalé un barbiturique courant, et eût-elle été soignée plus tôt ou pris une quantité soit plus petite soit plus grande de cachets, elle s'en serait sortie très rapidement.

Il se trouva qu'elle avait assimilé juste ce qu'il fallait du médicament pour que celui-ci exerçât sa pleine potentialité, et qu'elle ne fut découverte, déjà dans un état comateux, que le samedi à sept heures alors qu'elle avait avalé les barbituriques au milieu de la nuit; très précisément, si on veut tout savoir, dix minutes après que Chris eut quitté son lit, exaspérée par ses assiduités trop fréquentes et sa jalousie larmoyante. Tani resta seule dans sa chambre de surveillante, où elle hoqueta un moment, le visage enfoui dans son oreiller, puis s'administra les cachets, avec la satisfaction de faire à Chris et d'ailleurs au monde entier une émouvante démonstration de la qualité de son amour.

Le soir même, elle avait une tension de deux, une activité cérébrale plus que réduite. Les médecins firent tout ce qui était en leur pouvoir et obtinrent une légère amélioration qui, malheureusement, ne dura pas.

La jeune Eurasienne cessa de vivre le dimanche à midi. Les autorités du collège furent avisées, ainsi que les parents de Tani, qu'on mit longtemps à localiser. Ils habitaient Bayonne où ils tenaient une blanchisserie.

On décida, à la pension, de dissimuler l'issue tragique de l'incident. Tani n'avait laissé aucune lettre et on ignorait tout des motivations de la surveillante. Les enfants apprirent donc que Tani, sortie d'affaire, mais affaiblie et choquée, était retournée auprès de ses parents et qu'elle ne reviendrait pas à Pontoise. C'était vraisemblable, puisque Tani, si elle avait survécu, n'aurait de toute manière pas été autorisée à reprendre son travail. C'était vraisemblable, mais dès le deuxième jour, la rumeur de la mort de Tani circulait dans les dortoirs et les réfectoires, gagnait l'externat et se propageait jusqu'aux enseignants, lesquels, incapables d'opposer un démenti convaincant, restèrent silencieux.

La nouvelle parvint à Chris dans la salle des douches, chuchotée à travers le rideau de plastique depuis la cabine voisine. Chris arrêta l'eau, resta un instant immobile dans un nuage de vapeur, puis reprit sa toilette. Elle avait, il est vrai, d'autres préoccupations; avec plus de dix jours de retard dans ses règles, elle devait affronter une certitude : elle était enceinte.

Entraîné par des amis un été sur la côte, Vic s'était essayé à la plongée. Il avait gardé des profondeurs marines une impression d'étouffement et de claustrophobie dans un univers sombre, silencieux et hostile. A ce stade de son aventure avec Chris, il éprouvait des sensations très analogues, et même plus aiguës puisque, dans ces nouvelles profondeurs, c'est Chris, par ses appels, apparitions, sourires et trop rares élans, qui l'alimentait en oxygène. Autant dire qu'il respirait peu et mal.

Et puis il commença de remonter à la surface. Les premiers signes passèrent presque inaperçus tant ils étaient discrets : une plus grande capacité à penser à autre chose pendant plus longtemps. Le plaisir qu'il prit à acheter un cadeau d'anniversaire avec Marianne pour son fils aîné, un sommeil plus régulier et, d'une manière générale, la faculté de s'investir dans les grandes comme dans les petites tâches qui lui faisait cruellement défaut depuis un certain temps. Il prit conscience du changement en constatant qu'il n'attendait plus l'appel de Chris, ensuite qu'il le craignait.

La mort de ses sentiments laissa bien entendu le champ libre à l'autocritique à laquelle le jansénisme de Vic le prédisposait largement. Il se faisait horreur à présent, profondément, et s'il ne portait plus le fardeau de son obsession, il en portait un nouveau, au moins aussi pesant mais plus conforme à sa nature : la honte. Il l'endossa avec soulagement, le porta avec satisfaction. Il n'eût pas aimé que son forfait ne comportât aucun châtiment, et celui-ci lui sembla peu de chose à côté de celui qu'il imaginait rétrospectivement avec un frémissement d'angoisse : l'éclatement et la destruction de son foyer.

Cette éventualité, à laquelle il n'avait à aucun moment songé auparavant, l'obsédait à présent. Il passa des heures à chercher dans son agenda, ses tiroirs, ses poches, un indice qui pourrait tout révéler à Marianne, et compromettre irrévocablement ce qui, de nouveau, et même plus que jamais dans le passé, lui tenait à cœur : sa famille. Elle lui paraissait, du fait même qu'il l'avait mise un instant en péril, plus chère, plus essentielle, plus indispensable. Et il la goûtait avec le ravissement qu'éprouve le motocycliste à se sentir vivant et entier à la sortie d'un mauvais dérapage.

Deux semaines plus tard, un soir, Marianne et Vic s'habillaient pour aller au concert. Vic hésitait entre deux cravates, Marianne entre trois robes. Ils se consultèrent, ne furent ni l'un ni l'autre satisfaits de l'avis recueilli, et Marianne dit soudain :

– Claude m'a appelée.

– Oui ?

– Elle est dans un drôle d'état.

– Ah ? Pourquoi ?

Marianne se décida, retira la robe du cintre, l'enfila.

– Tu gardes ça pour toi, elle m'a fait jurer de ne pas en parler. La petite est enceinte.

Il réussit à garder l'œil sur ses cravates, sentit son cœur cogner dans sa poitrine, parvint à se tourner avec une expression qu'il voulait à la fois stupéfaite et indifférente.

– Chris ! Tu plaisantes...

– Quatorze ans, tu te rends compte ? Heureusement qu'on n'a pas de filles.

Elle glissait des bracelets sur ses poignets, l'un après l'autre, puis essayait un collier.

– Qu'est-ce qu'elle va faire ?

– Ce qu'on fait dans ces cas-là. Qu'est-ce que tu veux qu'elle fasse ?

– Et le père, c'est qui ?

– On ne sait pas. Elle refuse d'en parler. Certainement un autre gamin. Qu'est-ce que tu crois ?

Il la regarda.

– Quoi ?

– Avec ou sans collier ?

– Sans, dit Vic.

Le samedi suivant, il gagna Pontoise, rangea sa 604 en face du collège à l'heure de la sortie. Il ne cessait de guetter passants et voitures, convaincu qu'à cette ultime confrontation avec Chris surgirait la rétribution du destin sous la forme d'une connaissance, sœur ou amie de Claude, collègue de Pierre Rivault, parente de Marianne. Les possibilités étaient infinies, la probabilité réduite mais réelle, et il s'émerveillait de ne l'envisager que maintenant.

Chris repéra sa voiture aussitôt, salua ses copines et s'approcha avec désinvolture, cartable à la main.

– Qu'est-ce que vous faites là ?

– Monte.

Elle le regarda, haussa les épaules, contourna le véhicule et s'installa.

Dès que la voiture fut en mouvement, elle prit une cigarette et l'alluma.

– Tu fumes maintenant ?

– Oui.

Elle se tenait loin de lui, tout contre la portière, assise très droite, impassible, un peu hautaine. Il regardait sa main, posée sur le siège, petite, carrée mais très délicate, baguée presque à chaque doigt.

– Je suis au courant, dit-il.

– Eh bien, tant mieux pour vous.

Elle excellait dans ce numéro de froideur que Claude appelait « Mademoiselle glaçon ». Vic lui jeta un regard.

– Pourquoi tu ne m'as rien dit ?

– Pourquoi faire ?

– J'aurais pu...

– Non. Vous n'auriez rien pu faire de toute manière, j'étais obligée de tout dire à ma mère. Et puis, j'aime autant. Comme ça, ils me donneront la pilule.

– Ça a été dur, quand tu lui as dit ?

– Non, elle a sauté de joie.

Elle tendit la main pour faire tomber sa cendre, manqua le cendrier.

– Tu m'en veux ?

Elle haussa encore les épaules.

Ils ne se parlèrent plus jusqu'à Paris. Vic préparait des paroles de rupture charitables mais fermes, et Chris fumait sans arrêt. Puis, un peu avant l'Étoile, avenue de la Grande-Armée, elle parla sans regarder Vic :

– Ça s'arrête là, Vic. Prochaine fois qu'on se verra, je serai la fille de vos amis et rien d'autre. Ne cherchez pas à me regarder, ou à me suivre, ou à me parler. Ne m'appelez pas, ne m'écrivez pas. Okay ?

Plusieurs choses se produisirent en même temps dans la tête de Vic. D'abord, il admira son autorité. Lui, qui avait vingt-quatre ans de plus qu'elle, n'aurait su en manifester autant. Ensuite, et c'était le plus pénible de ses étonnements, les paroles de Chris, identiques par le sens sinon par le choix à celles qu'il s'apprêtait lui-même à prononcer, le blessèrent. Elles l'entaillèrent une à une comme des lames et restèrent douloureusement fichées bien après avoir été prononcées. Pourtant, il était mille fois préférable que ce fût elle qui les prononçât et elles menaient là où lui-même voulait aller. Il la perdait, soit, mais il ne la voulait plus. Alors pourquoi s'entendit-il lui demander d'une voix abominablement chevrotante :

– C'est à cause de...

Elle secoua la tête.

– Non. C'est comme ça. Vaudrait mieux que vous me laissiez là. Je prendrai le bus.

Il rangea la voiture avenue d'Iéna.

Alors seulement, elle se tourna vers lui, pour lui adresser un sourire charmant.

– Allez, dit-elle, ne faites pas cette tête...

Elle se pencha, posa un baiser léger et doux sur ses lèvres, ajouta :

– Bonjour à ta femme.

Ouvrit la portière, souleva son cartable, et toujours souriait. Les yeux verts lui parlaient de mille choses perdues, lui en faisaient regretter mille autres encore inconnues, et plus encore exprimaient sollicitude, compassion, amitié. C'était une des plus subtiles manifestations de l'art de Chris.

– Salut, dit-elle.

Il hocha la tête puis, à l'instant où la portière se refermait :

– Et Tani ? Elle s'en est bien sortie ?

Le sourire ne varia pas d'un millimètre.

– Oui, dit Chris, pas de problème. Elle est partie se reposer chez ses parents.

Elle claqua la portière, s'éloigna avec son cartable en direction de l'abribus.

Vic démarra et, lorsqu'il la dépassa, elle lui adressa un petit signe charmant de la main.

C'était fini.

Claude ne fit aucune tentative sérieuse pour identifier l'amant de Chris, ne la soumit qu'à un interrogatoire de routine où les questions de la mère et les silences de la fille finirent par établir le schéma classique des amours enfantines, classique et, somme toute, pas antipathique. C'était *Les enfants qui s'aiment* chantés par Montand, quelque chose de fragile et d'émouvant.

Chris ayant laissé entendre que la liaison était terminée, Claude ne voulut pas ajouter à son chagrin présumé, ni au désarroi causé par son état, des remontrances tardives et en fin de compte inutiles.

L'avortement (Claude disait IVG, c'était plus moderne et moins brutal) fut programmé pendant les vacances de février afin qu'il n'y eût pas d'incidence sur les études de Chris. (Pour Pierre Rivault, elle passait trois jours chez une tante à Menton dont Claude s'était assurée la complicité.)

L'intervention se déroula au mieux et n'eut sur Chris aucun effet traumatisant.

Contre toute attente, son année scolaire se solda par des résultats excellents dans la plupart des matières et elle fit un retour triomphal à Victor-Duruy au mois de septembre où elle retrouva, en seconde, bon nombre de ses camarades de quatrième.

Une nuit, au mois de juin, après que Marianne et Vic eurent fait l'amour, Marianne se souleva, appuyant ses seins sur le torse de Vic pour mieux le dévisager et lui dit :

– Je ne sais pas qui elle était, et je ne veux pas le savoir, mais je suis contente que ce soit fini.

Après quoi, elle s'enroula dans le drap, cala l'oreiller contre sa joue, et s'endormit.

III

Méduse

Las des réminiscences de Guillaume Lamotte, les deux garçons de Vic s'éclipsèrent sitôt le dessert pour rejoindre un ami qui les attendait sur une autre plage.

– Sont beaux, tes gamins, dit Lamotte à son fils, les regardant s'éloigner.

Vic hocha la tête, Marianne sourit.

– Je les aime trop, dit Vic, je leur passe tout, je les couve comme s'ils avaient cinq ans.

– Maladif, dit Marianne.

– Normal, dit Guillaume. Moi, c'était pareil.

Vic ouvrit la bouche pour démentir, rencontra l'œil réprobateur de Marianne et se tut. Après tout, Marianne avait raison. S'il voulait à présent s'imaginer qu'il avait été un père attentif et attentionné où était le mal?

Lamotte perçut l'échange de regards, baissa les yeux un court instant, puis se tourna vers Chris avec un sourire légèrement forcé.

– Faut dire que les garçons sont tellement bébés à côté des filles.

– Exact, dit Chris.

Elles étaient deux à avoir depuis longtemps noté la solitude et la fragilité de Lamotte : Marianne et... Chris. Marianne lui savait gré de les dissimuler sous le masque du « viveur » et lorsque Vic, faisant allusion à ses multiples coucheries, disait de son père « il n'a aucune dignité », elle répondait « il en a plus que tu ne crois, et la sienne pèse autrement plus lourd que l'autre ».

– L'autre ? De quoi tu parles ?

– Passons, disait Marianne, qui n'avait aucune intention de peser, en bien ou en mal, sur les rapports du père et du fils.

Quant à Chris, si elle avait su déceler la vulnérabilité de Lamotte, c'était non par sollicitude, ni même par curiosité, mais plutôt par une sorte d'instinct du prédateur. Chris savait depuis l'âge de sept ans diagnostiquer faiblesses ou failles chez autrui.

Depuis plusieurs années déjà, Guillaume vivait, parlait, agissait selon un mode éprouvé sans autre nécessité que celle de l'habitude. Il avait perdu, peu à peu, appétit et volition. Seules les femmes parvenaient encore à lui rendre la vie agréable. Il se réchauffait à leurs jeunes corps comme si, privé de leurs étreintes, il craignait de mourir de froid.

Il avait bien découvert, tard, ses petits-enfants, mais on ne s'improvise pas grand-père à près de soixante-dix ans, auprès d'enfants déjà adolescents.

C'était trop tard.

Trop tard pour devenir père, trop tard pour devenir grand-père, trop tard pour redevenir peintre.

Oui, cela aussi, il l'avait tenté. L'hiver dernier, à Choisel, dans la grande maison vide, un jour où la neige, tombée la nuit même, avait tenu miraculeusement, couvrant le parc d'un manteau magique et faisant peser sur toutes choses ce silence ouaté et angoissant.

Il avait ressorti chevalet, toile, couleurs, et des heures durant essayé de fixer ce jardin blanc, ce cimetière... (Pourquoi « cimetière »? Il n'en savait rien.)

Au soir, il avait rangé ses tubes, jeté sa toile. Et le lendemain, la neige avait fondu.

Les cafés arrivèrent, et la jeune serveuse supporta, l'œil stoïque, la main paternelle de Lamotte sur sa hanche.

– Dites-moi, mon petit, le grand type là-bas, avec une chemise bleue, ce n'est pas le fils Goldmann?

– Si, monsieur.

– Incroyable. Je l'ai connu haut comme ça... Beaucoup de talent, Goldmann, mais obsédé par l'argent.

– Comme moi, dit Claude.

Vic fut le seul à ne pas rire, il ne l'avait pas entendue. Il venait de s'apercevoir que Chris le fixait. A cause des lunettes de soleil qui occultaient le regard vert et accentuaient encore l'extrême régularité de son visage, il ne découvrit qu'après un moment et avec un petit choc que l'attention de Chris lui était consacrée.

Rien d'extraordinaire en soi, mais en l'occurrence une manière d'événement, Chris ne lui ayant, depuis bientôt deux ans, jamais octroyé autre chose qu'un profil perdu ou des yeux froids fixés au-dessus, en dessous ou à côté des siens.

Il chercha à deviner ce qui se passait derrière les verres sombres, se heurta à son propre reflet, et déjà Chris se détournait.

– Casino, ce soir ? demandait Lamotte.

– Pas moi, dit Vic.

Claude fit la moue.

– D'accord, dit Chris.

– Tu n'as pas le droit, dit Claude.

– Suffit de maquiller ma carte d'identité, dit Chris. Tu me prêteras une de tes robes de mémé.

– Je t'en prie, dit Claude.

– Vendu, dit Lamotte.

Et à Chris :

– Tu veux jouer ?

– Gagner, dit Chris.

Vers seize heures, Claude et Chris retrouvèrent plage et matelas.

Chris sourit au couple allemand (à la femme surtout), retira son tee-shirt d'un geste fluide et gracieux, rendant ses seins fermes au soleil, et s'allongea.

Presque aussitôt, la voix douce du jeune Allemand lui fit rouvrir les yeux.

– Pardon, mademoiselle. Nous avons votre journal emprunté.

Chris se souleva, constata qu'en effet la blonde tenait *Elle* de manière à le lui montrer. Elle souriait. Chris en fit autant, puis se tourna vers le jeune homme accroupi près d'elle, se plaçant de façon que l'Allemand la masque par rapport à son épouse.

– Vous avez bien fait. Gardez-le. On l'a lu.

Claude eut un regret fugace pour les fiches-cuisine qu'elle découpait, conservait dans une boîte et ne consultait jamais.

Le jeune homme ramassa une poignée de sable, la laissa couler entre ses doigts.

– Peter Hessling, dit-il soudain. Et ma femme : Barbara.

– Chris Rivault. Ma mère.

– Bonjour, dit Claude.

– On pourrait peut-être l'apéritif prendre, tout à l'heure ?

Chris sourit, dit avec quelque gravité :

– On pourrait.

Peter se troubla, baissa les yeux, tomba sur les magnifiques seins de Chris, rougit, leva son regard et rencontra de plein fouet l'œil vert et fixe de l'adolescente.

– Bon, dit Peter, à tout à l'heure.

Il vit distinctement une sorte de déception dans les yeux de Chris, comme s'il n'avait pas dit ou fait ce qu'elle avait espéré. Il se sentit maladroit, grossier, exécuta un salut très germanique de la tête, regagna son matelas.

Chris s'endormit comme un bébé.

Claude alluma une cigarette, appuya son menton sur son avant-bras et se demanda si la vieillesse ne l'avait pas déjà prise dans sa main froide; non pas tant qu'elle pensait à ses rides, à cet instant-là, mais plutôt à une apathie sournoise qui la rongeait et lui faisait penser que jadis, avant, dans le temps, le soleil brillait plus fort, plus clair, plus chaud, bref, que cela valait plus la peine.

Elle étudia le visage de Chris endormie, résista à une envie soudaine de l'embrasser. L'heure avait-elle sonné de lui passer la main? De vivre à travers ses appétits, aiguisés et neufs, par procuration et avec la sérénité de qui n'a plus rien à attendre pour elle-même, le reste de son « tour de piste »?

Elle frissonna, enfonça rageusement son mégot dans le sable. C'était ridicule. Elle avait quarante ans, et rien n'était fait. La partie se jouerait ailleurs, autrement, avec d'autres cartes et d'autres enjeux, mais elle restait parfaitement jouable. D'ailleurs, ne vivait-elle pas là, plutôt que le début de la vieillesse, l'agonie d'une adolescence étirée au-delà de ses limites naturelles et achevée, *in fine,* par l'usure, l'ennui et l'existence d'une adolescente nouvelle, sa propre fille ? « Oh, et puis ça suffit, se dit-elle, bronze et arrête de penser à ça. »

Elle bronza à peine une minute, puis se dit : « Allez, un “ baby ”, juste un... »

Aldo la servit avec son habituelle diligence, et dès la deuxième gorgée, elle se sentit beaucoup mieux.

Une heure plus tard, Chris se réveilla, tendit joliment ses bras bronzés vers le ciel, se leva.

– A l'eau, dit-elle. Tu viens ?

Claude secoua la tête.

– Tant pis pour toi, dit Chris.

Elle gagna le bord de l'eau, plongea, s'éloigna vigoureusement du rivage et ne s'arrêta qu'à une trentaine de mètres où elle tomba nez à nez avec un jeune garçon au visage convulsé qui poussait un hurlement de douleur, hurlement qui se mua en gargouillis lorsque l'eau envahit sa bouche ouverte.

Chris chercha en vain le mauvais plaisantin qui lui aurait tiré la jambe ou pincé les fesses sous l'eau, ne vit personne, et constatant que l'enfant ne refaisait pas surface, s'en saisit et le tira vers elle. Aussitôt, un étrange picotement lui parcourut le bras, suivi immédiatement d'une douleur vive, suraiguë, brutale, à la poitrine.

Souffle coupé, elle lâcha prise, se sentit comme assommée, anesthésiée, glissa au fond où elle frôla le corps du garçon, lui saisit la tête et d'un coup de reins regagna la surface.

De nouveau, l'eau se mit à vibrer autour d'elle, comme électrisée, et la douleur abrupte lui zébra l'omoplate comme une profonde et puissante brûlure. Elle parvint cette fois à conserver sa prise sur l'enfant et, se tournant, vit la cloche bleutée, les tentacules de la méduse dont le corps gélatineux se dilatait délicatement dans l'eau verte.

L'affaire fit quelques remous sur la plage somnolante. On dépêcha Aldo aux cuisines pour chercher une pommade adéquate, on frotta avec des glaçons les tempes du gamin qui restait englué dans une rêveuse hébétude, on complimenta Chris qui ne conservait, elle, de sa rencontre avec la méduse, outre les deux traces blanches et luisantes semblables à des zébrures laissées par la lanière d'un fouet, aucun effet secondaire perceptible.

Claude eut beau l'entourer d'une anxieuse sollicitude et évoquer la nécessité de consulter un médecin, Chris haussait les épaules en sirotant un gin-fizz, autorisé en la circonstance. Sur les conseils de Jean-Paul, elle avait néanmoins passé un long moment sous la douche pour se défaire de tout filament qui serait resté collé à son épiderme.

Le mot *méduse* volait de matelas en matelas, et plus d'un vacancier courut au bord de l'eau avertir ami, parent ou épouse du danger encouru. La mer se vida rapidement sans que quiconque fît de rencontre désagréable. Jean-Paul, armé d'une épuisette, s'en alla barboter dans la zone où le gamin s'était trouvé sans rien ramener qu'un vieux préservatif et trois papiers de Malabar.

L'événement monopolisait la plupart des conversations. On évoquait, pêle-mêle, une invasion de physalies portugaises qui auraient causé la mort de plusieurs baigneurs en 1956, la nécessité impérative, une fois piqué, de se préserver d'une deuxième piqûre, la première pouvant avoir eu raison des capacités d'absorption du venin urticant, une rumeur qui voulait que plus bas sur la côte des bancs entiers de cœlentérés soient venus s'échouer, tant et si bien qu'on avait dû fermer les plages.

Le jeune garçon, une fois qu'il eut recouvré ses esprits, vint personnellement, accompagné par son père, un homme grand et grave, remercier Chris, laquelle commençait à trouver l'attention qu'on lui portait excessive et agaçante. Elle fit un clin d'œil au gamin, un sourire au père, et voulut en rester là. C'était mal connaître Raymond Lassens qui tint absolument à se présenter, puis à lui révéler qu'il passait seul avec son fils dix jours sur la côte, que sa femme, empêchée par son travail, ne prenait pas de vacances cette année-là, qu'ils habitaient Lyon, qu'il y gérait une modeste entreprise durement touchée par la crise, qu'en dix années consécutives de vacances sur cette même plage, pareil incident ne lui était jamais arrivé et qu'il fallait bien, n'est-ce pas, qu'il se produisît alors qu'il assurait seul la surveillance de son fils, lequel, il avait oublié de le préciser, se prénommait Cédric.

– Joli nom, remarqua Claude, sans doute pour dire quelque chose, Chris s'obstinant à garder un silence un peu crispé.

Exténué par son monologue ou désorienté par le mutisme de Chris, Raymond Lassens regagna enfin son matelas.

– C'est pas vrai, dit Chris, s'allongeant enfin au soleil, la prochaine fois, je le laisserai couler.

– Ne dis pas ça, dit Claude. J'espère bien qu'il n'y aura pas de prochaine fois.

– C'est vrai ce qu'ils racontent ? demanda une voix un peu niaise.

Chris tourna la tête, découvrit Dorothée venue s'accroupir près d'elle, rougie par un excès de soleil et la tête suffisamment penchée pour que Claude puisse apprécier sous la chevelure blonde des racines très sombres.

– Quoi ? demanda Chris sans aménité.

– Que vous auriez été mordue par un machin.

– Un requin, dit Chris, enfin une roussette, quoi.

– Non, dit Dorothée, on m'avait dit une, comment c'est déjà... ?

– Méduse, dit Claude.

– Ouais, dit Dorothée, ça fait mal ?

– Oui, dit Chris.
– Ah, dit Dorothée.
Elle repartit, pensive, suivie des yeux par Claude.
– D'où elle sort, celle-là ?
– C'est une grognasse, dit Chris.
– Merci, dit Claude, ça, j'avais vu.

A l'hôtel, ce soir-là, Claude découvrit dans sa chambre, en sortant de la salle de bains, debout devant la coiffeuse, une étrangère gainée de soie noire, rehaussée par des talons de six centimètres, coiffée en arrière, les yeux à peine fardés mais d'un vert si éclatant, si admirablement assortis à la peau cuivrée, qu'ils coupaient le souffle. La bouche, pleine et d'une finesse extrême, avait été effleurée par le bâton de rouge et rien de plus. C'était mieux que suffisant. La peau des épaules, du décolleté, des bras, brillait légèrement, comme éclairée du dedans par le soleil dont elle s'était imprégnée toute la journée.
– Oh merde, dit Claude.
– Quoi ?
– Rien. Je pensais... que t'aurais l'air d'une écolière endimanchée.
– Et j'ai l'air de quoi ?
Claude la dévisagea.
Et le téléphone sonna. C'était Marianne.
– Vingt minutes, ça vous va ?

– Pas de problème, dit Claude, mais vous venez ?

– On vient, dit Marianne.

– Tu as convaincu Vic ?

– Non, c'est lui.

– Ah bon ? dit Claude, surprise.

– Je crois qu'il se sent tenu de surveiller son père. Il se dit que, quitte à vous l'infliger, il a le devoir de le subir aussi.

– Il est chiant, dit Claude.

– Oui, dit Marianne. A tout de suite.

Claude raccrocha, regarda sa fille allumer une cigarette.

– Je suis vieille, dit-elle.

Un peu surprise, Chris la dévisagea.

– Arrête tes conneries.

– Je suis vieille, dit Claude, vieille. Regarde.

Elle laissa choir son peignoir éponge, se tint nue devant Chris.

– Regarde... Là, ça s'affaisse, là, c'est mou, là on ne voit que des os, et là plus un muscle, rien que de la graisse... Non, mais regarde !

Chris secoua la tête.

– Ça va pas ? T'es superbe. Moi, je n'ai pas ton nez, j'ai celui de papa. Pas de bol. Je n'ai pas tes mains, non plus. Ni ton sourire. D'accord, j'ai un cul et j'ai des seins, mais j'ai seize ans. Je peux déjà te dire qu'à ton âge, je ne serai pas le tiers du quart de ce que t'es aujourd'hui.

– Ça m'est égal, dit Claude. J'ai peur, c'est tout.

– De quoi ?

Claude s'habillait lentement.

– De ne pas savoir décrocher. De devenir une vieille peau peinturlurée, ridicule. Tu me diras, Chris ? Quand ce sera le moment ?

– Le moment de quoi ?

– De décrocher.

– Je te dirai.

Elle vint embrasser sa mère, la serra un instant contre elle.

– Qu'est-ce qui t'arrive, ce soir ?

– Je ne sais pas.

La Bentley de Guillaume Lamotte roulait sans autre bruit que le murmure des pneus sur la route côtière.

Claude se trouvait à l'avant, à côté de Guillaume, Marianne, Vic et Chris à l'arrière.

– Tu sais à qui tu ressembles ? dit Guillaume regardant Chris dans le rétroviseur.

– A qui ?

– A Elizabeth Barrett Browning.

– C'est qui ça ? Une vieille copine à toi ?

– Une poétesse, dit Lamotte, du dix-neuvième. Anglaise. Mariée à Robert Browning. Mystique. Passionnée. Très belle.

– Jamais entendu parler, dit Chris.

– On vous apprend quoi au lycée ? demanda Lamotte.

– Pas ça, en tout cas.

Vic regarda Claude, leva les yeux au ciel. Marianne sourit.

C'était une soirée magnifique. La corniche brillait de mille lumières disséminées le long de la côte.

– Pas de citation, dit Vic, s'il te plaît.

– Une petite, dit Lamotte, elle s'impose : « *If thou must love me, let it be for naught, except for love's sake only...* »

Un silence s'établit une fois que Lamotte se fut tu.

A chaque virage, le jeune corps de Chris s'appuyait un instant contre Vic, et à plusieurs reprises sa hanche resta doucement accolée à la sienne sans que la force centrifuge y fût très évidemment pour grand-chose.

Vic tourna la tête, rencontra les yeux verts qui brillaient dans la pénombre et se retrouva, l'espace d'une seconde, deux ans plus tôt devant une pension à Pontoise. J'ai vieilli, et vécu, et réfléchi, se dit Vic, mais pas plus maintenant qu'à dix-sept ans je ne sais pourquoi les femmes partent, et pourquoi elles reviennent.

Aidé peut-être par Elizabeth Barrett Browning, il se demanda s'il n'en était pas mieux ainsi. En tout cas, il savait à présent pourquoi il avait changé d'avis, voulu les accompagner au casino. Curiosité, nostalgie, volonté de ne pas rester sur l'inachevé.

Il jeta un regard à Marianne, lui sourit.

La main de Chris s'était glissée dans la sienne.

Guillaume Lamotte gravita vers la table de chemin de fer où, bientôt installé, avec devant lui une pile de plaques, son étui à cigarettes en or et son briquet assorti, superbe dans son smoking bordeaux, il semblait à lui seul vouloir ressusciter les grands soirs de jadis où les destins et les nuits d'amour se jouaient au son des « banco » et des « rien ne va plus ».

Anachronisme infatigable, il manipulait le sabot avec aisance.

A la roulette, Chris essayait sur *pair* et *impair* une martingale primaire qui, pour l'instant, lui réussissait.

Claude se retrouva bientôt au bar, avala discrètement un double scotch, en commanda un deuxième et s'aperçut assez vite que l'existence avait tout de même du bon.

– Mais c'est Claude! dit une voix.

Elle se tourna, reconnut le visage énergique et net de Bertrand Guttaz qui passait avec deux amis.

– Bonsoir, dit Claude, lui serrant la main.

– Pierre est là?

– Non.

– Il travaille?

Elle hocha la tête.

A côté de Guttaz se tenaient un inconnu et un individu qu'elle avait déjà remarqué sur la plage, un garçon hirsute aux traits plaisamment félins, dont la cravate, nouée n'importe comment, pendait comme un vieux bout de ficelle.

– Tu connais Romain? demanda Guttaz.

– De vue, dit Claude.

– Mais oui, dit Romain, vous êtes la maman de Salomé.

Chris quitta la roulette dix minutes plus tard avec une assez jolie pile de plaques et retrouva Claude en grande conversation avec Guttaz, Romain, Vic, Marianne et un ami silencieux du premier.

– Viens ici, toi! lui intima Romain, aussitôt.

Elle s'approcha, posa ses plaques, le regarda posément.

– Oui?

– Paraît que t'as été piquée par une méduse?

Il avait l'œil grave, presque anxieux. Chris haussa les épaules.

– Oui, dit-elle, ne refusant pas complètement sa sollicitude mais minimisant néanmoins la chose.

– Fais voir.

Elle le dévisagea et, sans l'ombre d'une hésitation, plongea la main dans son décolleté pour en extraire un sein rond et bronzé qu'elle lui présenta gravement, dans le creux de sa main. La zébrure blanche y brillait comme un ornement.

– Mais enfin, Chris! s'exclama Claude.

– Tu sais que ça ne partira jamais, dit Romain.

– Je sais, dit Chris.

– Tu t'en fous, t'as raison, dit Romain. Je peux danser avec ta mère?

Elle rangea son sein.

– Avec qui tu veux, sauf moi.

– Ça va de soi, dit Romain gravement.

Et prenant la main de Claude :

– Venez, chère madame.

Dans les bras de Romain, Claude se sentit étrangement à l'aise et comme tiraillée par quelque souvenir insaisissable.

– Vous le connaissez bien, Guttaz?

– Personne ne le connaît bien, dit Romain, je connais ses vices.

Elle sourit.

– Alors, vous le connaissez bien.

– Non. Guttaz, des laboratoires Guttaz, ça ne se résume pas à des histoires de cul.

Sur le point de s'offusquer, elle passa outre aussitôt. Il se serait moqué d'elle. Elle n'y tenait pas.

– Et vous? demanda-t-il. Vous le connaissez bien?

– Ni ses vices ni ses vertus, dit Claude. Il a conclu une affaire ou deux avec mon mari, qui le respecte, je crois.

– Sûrement, dit Romain. Il est où, votre mari?

– A Paris.

– Le pauvre.

– Non, dit Claude, il ne sait pas se reposer. Pourquoi vouliez-vous danser avec moi?

Il la regarda, elle sourit.

– C'est une question idiote ?

– Oui, dit Romain.

Ils dansèrent un moment sans parler, puis :

– On peut savoir pourquoi vous appelez ma fille Salomé ?

– Non, dit Romain. On a eu votre mari, maintenant, c'est votre fille. Je n'aime pas danser avec trente-six personnes en même temps.

– Vous oubliez Guttaz, dit Claude.

– Je n'oublie personne. Mais j'ai utilisé Guttaz pour vous rencontrer, alors je peux difficilement le compter parmi les importuns.

– Vous avez quoi ?

La musique s'arrêta. Ils s'écartèrent l'un de l'autre, restèrent face à face.

– On a tout le temps, dit Romain, alors pas de panique.

Et il quitta la piste.

Quel con, se dit Claude, lui emboîtant le pas. Il avait une démarche lourde et chaloupée. Un marin, pensa Claude, c'est un marin. Je l'emmerde.

Elle souriait sans raison, ne pensait ni à boire ni à partir.

– Claude, dit Marianne, regarde... Chris a encore gagné !

En effet, Chris tenait à présent une belle poignée de plaques.

– Tiens, dit-elle, remettant à Claude la majeure partie de ses gains, tu me gardes ça au chaud.

Elle repartit en direction des tables.

– C'est qui, ton voyou? demanda Marianne.

– Je n'en sais rien. Il était avec Guttaz. Où sont-ils?

– Partis, dit Marianne.

Claude se tourna, regardant en tous sens.

– Sont partis, confirma Marianne.

– Ah bon, dit Claude.

Guillaume Lamotte apparut soudain.

– Tu veux danser?

– Non, dit Claude, pas tout de suite.

Il se tourna vers Marianne qui se leva.

– Une seule, dit-elle.

Il la pilota avec autorité vers la piste, et Claude commanda un scotch.

Vers trois heures du matin, Claude poussa la porte de la chambre de Chris, ramassa la robe noire qui traînait par terre et un escarpin qui gisait, solitaire, du côté de la salle de bains.

Elle soupira, regarda Chris.

– Où est l'autre?

Chris, nue sous un drap, somnolait déjà. Elle se contenta de grogner.

– En principe, on se démaquille avant de se coucher.

Nouveau grognement.

Claude se mit en quête du deuxième escarpin et tout en cherchant :

– Qu'est-ce que tu vas t'acheter avec tout ton argent ?

– Des fringues, dit Chris du ton las qui traduisait la nécessité agaçante d'avoir à énoncer une évidence.

– Le voilà.

Claude récupéra le deuxième soulier sous le lit, éteignit la lampe de chevet et embrassa Chris.

– Allez, dors bien.

Elle resta un instant dans la pénombre, la robe sur le bras et les escarpins à la main.

– Ce Romain, il est curieux...

– C'est un mac, dit Chris, d'une voix endormie.

– Quoi ?

– Un mac.

– Faut peut-être pas exagérer, dit Claude. Un dragueur, sûrement, mais...

– Un mac, dit Chris, il lève sur la plage et après il fournit.

– Il... il fournit ?

– Oui, sur le port, dans les villas. Un mac, quoi.

Claude la dévisagea en silence.

– Comment tu sais ça ?

– Tout le monde le sait, dit Chris.

Elle se tourna sur le côté, se disposa au sommeil avec un soupir.

Claude demeura un moment songeuse, puis regagna sa chambre.

D'un ton bien senti, Miriam résuma la situation :

– Ras-le-bol.

Elles en étaient à leur troisième boîte, n'avaient trouvé Romain nulle part et avaient subi les avances d'une cohorte impressionnante d'individus plus sordides les uns que les autres. C'était, en tout cas, l'avis de Dorothée.

– Il nous les brise, ton Romain, dit Miriam. Si le petit blond se repointe, j'y vais.

– C'est un cageot, dit Dorothée.

– M'en fous. Et puis d'abord, il est pas si mal.

– T'es pas dégoûtée, dit Dorothée. Tiens le revoilà, justement. Bon vent, ma vieille.

Miriam regarda le petit blond qui approchait dans la lumière rouge et vacillante de la boîte.

– Allez, dit-elle. Je lui donne le feu vert.

Elle lui adressa un sourire qui ne brillait en rien par sa discrétion.

– C'est pas un feu vert, ça, dit Dorothée, c'est une fusée de détresse.

– Ta gueule, dit Miriam entre ses dents.

– Salut, dit le petit blond qui avait un grand nez, de petits yeux et une grande mèche filasse, je te regardais depuis un moment, là.

– Ah oui? dit Miriam, moins avenante à présent que le poisson était ferré.

– Oui. Comme ça, quoi. Je veux dire...

Il tripotait un briquet jetable entre ses doigts, souriait en hochant la tête.

– ... Enfin... on pourrait danser, quoi...

– Ouais, dit Miriam, sans bouger.

Le garçon se mordit la lèvre. Miriam lui lança un regard aigu.

– T'as un nom, peut-être ?

Il sursauta.

– Oui, oui. (Un temps, puis :) J.-J.

– J.-J. ?

– Oui, enfin, Jean-Jacques, mais on m'appelle J.-J., tu vois ? Et toi, c'est quoi ?

– Miriam.

– Ah oui ? C'est chouette, comme nom. On y va ?

Miriam se leva, apparemment réticente, et ils gagnèrent la piste.

– Colle pas, hein ? dit Miriam, j'aime pas.

– Ouais, dit J.-J., moi non plus, j'aime pas.

Dix minutes plus tard, ils collaient très nettement et ne s'en trouvaient pas si mal.

Dorothée, cependant, quittait la boîte, et gagnait seule, indolente et maussade, la rue étroite où elle avait loué une chambre exiguë qui sentait le chou-fleur. Une jeep Toyota la dépassa en klaxonnant, s'arrêta.

– Alors ? dit Romain, je te cherchais partout !

– Ah bon ? dit Dorothée.

– Évidemment, dit Romain. Tu grimpes ?

Elle grimpa.

– Elle est bien, ta jeep...

– Elle n'est pas à moi, dit Romain.

Il passa la première, sourit à Dorothée, lui caressa la cuisse, glissa la main plus haut et l'appuya amicalement contre son pubis.

– Ça va?

– Oui, dit Dorothée, serrant un peu les genoux.

– Alors, on y va.

Il démarra en trombe, et Dorothée ne songea plus qu'à s'agripper aux montants du toit pour ne pas être éjectée du véhicule à chaque virage.

Marianne dormait dans la position qui lui était coutumière, sur le côté, serrant l'oreiller contre sa joue. Vic se leva, las de se tourner en tous sens. Il n'avait pas sommeil, voilà tout. N'y a-t-il donc aucune limite, se demanda-t-il en descendant l'escalier, à ta capacité de te mentir? A propos de quoi? Je me fous d'elle. C'est fini tout ça. Alors pourquoi ne dors-tu pas? Sans doute bu trop de café au dîner. N'y a-t-il donc aucune limite à ta capacité de te mentir? Ta gueule.

Il déboucha sur le patio, longea la piscine d'un pas lent, s'arrêta en apercevant un paquet de cigarettes oublié sur un guéridon, tendit le bras.

– Je croyais que tu avais arrêté?

Vic se retourna, découvrit Guillaume Lamotte allongé sur une chaise longue, une couverture sur les jambes.

– Moi aussi, dit-il.

Il alluma la cigarette, s'assit près de son père. Un temps, puis :

– Tu n'arrives pas à dormir ?

Lamotte sourit dans l'obscurité.

– Jamais avant l'aube.

– Ah bon ? Depuis quand ?

– Quelques années. Et toi ?

– Non. Je ne sais pas. Je suis énervé.

Ils ne se parlèrent plus, regardèrent ensemble l'eau immobile et plane de la piscine.

Il s'agissait d'un joli cabin-cruiser mouillé à l'extrémité du port, propre et briqué.

Dorothée fit le tour du pont, puis descendit dans la cabine où elle trouva Romain assis à la table en train de verser du champagne dans deux coupes.

– Champagne ? demanda-t-elle, très inutilement.

– Tu as des dons d'observation hors du commun, dit Romain.

Il lui porta un verre, l'embrassa sur le front.

– T'es-tu jamais demandée, comme ça, au milieu de la nuit, si tu reverrais jamais le soleil ?

– Non, dit Dorothée.

– Tu as de la chance, dit Romain. Moi, toujours. C'est mon côté Viking, Les Vikings croyaient la terre plate. Ils ne naviguaient jamais la nuit, ni par temps de brouillard.

– Comment ça ?

– Ils s'arrêtaient net, ils jetaient l'ancre, et ils se saoulaient la gueule pour ne pas mourir de trouille.

Il avait soulevé puis retiré le tee-shirt de Dorothée, lui caressait les seins.

– La trouille de quoi ?

– Du vide.

– Je vois pas le rapport avec nous, dit Dorothée.

– Et c'est très bien comme ça, dit Romain en l'embrassant.

Il la porta sur la banquette, acheva de la déshabiller, la caressa longuement, se dévêtit à son tour, et lui fit l'amour avec quelque détachement mais infiniment de savoir-faire. Dorothée se sentit portée avec assurance et une étrange désinvolture au plaisir. Elle ne put réprimer un cri strident, suivi d'un soupir. Elle s'étira, regarda Romain remplir les coupes, remarqua soudain qu'il était toujours en érection.

– Et toi ? demanda-t-elle.

Il ne répondit pas, lui tendit son verre avec un sourire, s'assit près d'elle, regardant par le hublot les bateaux au loin.

– A quoi tu penses ?

– A un ami.

Sa verge s'affaissait, s'endormait contre sa cuisse.

– Un ami ?

– Un type formidable. Je t'en ai parlé. Guttaz. Les laboratoires Guttaz.

Elle fronça le sourcil.

– Le type sur la plage ?

– Regarde.

Elle se leva pour le rejoindre au hublot.

– Tu vois le Riva là-bas, au large?

– Là où il y a de la lumière?

En effet, l'élégant bateau brillait de tous ses hublots dans la nuit.

– Il y a de la lumière parce qu'il ne dort pas. Et il ne dort pas parce qu'il est seul.

– Ah bon?

Il la dévisagea, l'attira contre lui et, l'entourant de ses bras, lui emprisonna un sein dans chaque main.

– Tu sais ce qu'on va faire? Tu vas aller le voir.

– Moi? demanda Dorothée, perplexe. Qu'est-ce que je vais lui dire?

– Rien. T'as rien à lui dire. Sauf que tu viens de ma part.

Lui déposant un petit baiser dans le cou, il se leva, gagna le pont où elle l'entendit libérer le bateau du corps mort.

Elle chercha ses vêtements, s'habilla à la hâte et monta à son tour.

Romain lançait le moteur, manipulait les commandes. Il adressa un grand sourire joyeux à Dorothée.

– T'es pas contre?

Elle le regarda.

– Je te reverrai, après?

Son rire jovial, affectueusement moqueur, s'éleva dans la nuit.

– Mais évidemment !

Le cabin-cruiser quitta le quai dans un vrombissement puissant et une gerbe d'écume.

Claude était enfin, et non sans mal, parvenue à s'endormir lorsque le téléphone sonna. Elle trouva le combiné à tâtons, s'en saisit.

– Oui ?

– Il est tard, dit une voix qu'elle reconnut aussitôt.

Elle fit une grimace, consulta son petit réveil électronique de voyage : cinq heures du matin.

– Ou tôt, dit-elle. Qu'est-ce qu'il y a ?

– Une idée, dit Romain.

– J'écoute, dit Claude, assez froide.

– Petit déjeuner à l'aube sur le port.

– Non, dit Claude.

Il y eut un temps.

– Alors, je monte, dit Romain.

– Non plus, dit Claude.

Elle raccrocha. Le téléphone résonna aussitôt.

– J'essaye de dormir, dit Claude.

– Je sais, dit Romain. Tout le problème est là.

– Il n'y a pas de problème, dit Claude. Au revoir.

Elle raccrocha. Le téléphone sonna de nouveau.

– Ça suffit, dit Claude.

– Oui, mais je suis en bas, dit Romain.

– Et alors ?

– Ben rien, c'est con.

– Désolée que vous vous soyez dérangé pour rien, dit Claude. Je peux dormir, maintenant?

– Pas question, dit Romain. Raccrochez autant que vous voulez, vous ne dormirez pas.

– Je peux appeler la direction de l'hôtel, dit Claude.

– Oui, dit Romain. Mais vous ne le ferez pas.

– Bon, alors?

– Je ne sais pas, dit Romain. Essayez d'avoir une idée, soyez positive pour une fois.

Elle sourit.

– On ne se parle plus, on ne se connaît pas. Ça vous va, comme idée?

– Très mauvais, dit Romain. Nul. Pas satisfaisant. Négatif. Lâche.

– Lâche?

– Lâche, confirma Romain. Très lâche. Je monte?

– Non.

Il soupira.

– On tourne en rond. J'étouffe, moi, dans cette cabine.

– Vous n'êtes pas obligé d'y rester.

– Je monte cinq minutes, dit Romain.

– Non.

– Une minute.

– Non.

– Quinze secondes.

– Ça vous servirait à quoi?

– A vous voir.

– On s'est vus tout à l'heure.

– Seule.
– C'est non.
Elle raccrocha. Il rappela.
– J'en ai assez, dit-elle.
– Moi aussi, dit Romain. Finissons-en. J'arrive.
– Quinze secondes, dit Claude.
– Pas une de plus, dit Romain.

Il entra d'un bon pas et, presque sans la regarder, gagna aussitôt la baie vitrée. En peignoir de bain, elle l'observa. Il était pieds nus, vêtu d'un jean très fatigué et d'un tee-shirt.

– Vous êtes content ?

– Ça peut aller, dit Romain. Dans un quart d'heure.

– Quoi dans un quart d'heure ?

– Le soleil, le jour. Ça vous arrive jamais, la nuit, de penser que vous ne reverrez jamais le soleil ?

– Non.

– C'est mon côté Viking, dit Romain. Les Vikings pensaient que la terre était plate...

– Je sais ce que vous êtes, dit Claude.

Il se tourna.

– C'est-à-dire ?

– Ou plutôt : ce que vous faites.

– Ah oui ? Et alors ?

Il la dévisageait avec intérêt, et même une sorte de curiosité amusée.

– Bon. Les quinze secondes sont écoulées.

Il la regarda, hocha la tête, se dirigea vers la porte :

– Ce que je fais n'a rien à voir avec vous.

Il ouvrit la porte.

– Comment ça, ça n'a rien à voir avec moi? demanda Claude malgré elle.

Depuis le seuil, il lui sourit :

– Vous êtes trop vieille, dit-il.

IV

Peter et Barbara

Très verte et très étale, fraîche et nettoyée par les courants nocturnes, la mer offrait, à qui parvenait à la plage vers dix heures, des agréments particuliers et de courte durée.

Rassurés par Jean-Paul, loquace en cette heure creuse, et qui leur jura que si méduses il y avait eu, ces dernières étaient reparties au large avec les détritus et les algues, Peter et Barbara, le jeune couple allemand, se jetèrent dans l'eau claire, et firent la course entre la plage et la bouée jaune à cinquante mètres. Peter arriva le premier, embrassa Barbara quand elle le rejoignit, et ils regagnèrent plus calmement leurs matelas, s'étendirent au soleil.

Jamais Peter n'avait gagné autant d'argent. Il pouvait enfin offrir à Barbara de grimper dans la Golf décapotable GLI et de mettre le cap sur « Die Riviera » : elle en rêvait depuis trois ans. Suivraient peut-être deux années encore d'efforts, deux semaines de sports d'hiver (tous deux skiaient fort bien) et puis sans doute le premier enfant serait mis en route. Cela coïnciderait avec l'achat d'une maison confortable à Bogenhausen, dans la banlieue résidentielle de Munich, leur ville natale à tous deux et qu'ils n'avaient que rarement quittée bien longtemps.

Mariés depuis moins de deux ans, ils se connaissaient depuis près de six, avaient gravité sans précipitation l'un vers l'autre en deuxième année à l'université, pris le temps de se tromper mutuellement, de se l'avouer, de se quitter et de se retrouver un an plus tard, surpris ni l'un ni l'autre de la pérennité de leurs sentiments. Les deux familles, qui avaient souhaité et quelque peu provoqué les retrouvailles, se félicitèrent du mariage. Bâti sur l'amitié, des goûts partagés, un sens commun des valeurs, une égale et placide indifférence pour les désordres de l'âme, le couple avait tout pour tenir, prospérer et assurer le renouvellement d'une catégorie humaine riche en énergie, fiable et besogneuse.

– Bonjour, dit Chris.

Elle s'adressait surtout à Barbara qui lui rendit son sourire.

– Votre mère n'est pas là ? demanda Peter, déférent et courtois.

– Elle dort, dit Chris. J'suis venue en stop. Je vais essayer de convaincre Aldo de me filer du café.

Elle jeta sac de plage et serviette sur le matelas voisin et gagna le bar.

– Bien dormi, Aldo ?

– Seul, dit Aldo.

– Désolée.

– Faut pas. Qu'est-ce que tu veux ?

– Café.

– Au restaurant, le café, dit Aldo.

– S'il te plaît.

Elle tendit les deux mains, lui saisit la tête, l'embrassa sur la joue.

– Mon Aldo...

– Arrête, dit Aldo, je ne suis pas en état.

Il servit un couple à l'autre extrémité du bar, puis partit en direction du restaurant. Chris en profita pour attraper le téléphone, le plaça sur le comptoir et composa le numéro de la villa.

La Portugaise de Guillaume décrocha.

– Passez-moi monsieur Vic, dit Chris.

– De la part ?

– La secrétaire de maître Baudry.

– Je vais voir.

Vic petit déjeunait à la piscine avec ses fils.

– Qui ? demanda-t-il.

– Moi, dit Chris.

– Ah oui, dit Vic.

– T'es seul ?

– Non.

– Okay, tu descends à la plage aujourd'hui ?

– Je ne sais pas. Peut-être.

– Essaye, dit Chris. Je t'embrasse.

– Entendu, dit Vic.

– « Entendu. » Tu charries !

– C'est difficile, dit Vic. Merci de m'avoir appelé.

– Tout compte fait, ne viens pas, dit Chris.

Elle raccrocha.

– Café, dit Aldo, posant la tasse. Tu appelais où, là ?

– Bruxelles, dit Chris, qu'est-ce que tu crois ?

– Ça va, dit Aldo. Quatre francs.

– Tu marques, dit Chris. Merci, Aldo.

Elle prit sa tasse, la porta à son matelas, s'allongea et se tourna vers Peter.

– C'est bête, j'ai pris italien en deuxième langue.

Il sourit, peu au courant des règles de l'enseignement des langues vivantes dans le secondaire français.

– Vous habitez Paris ? demanda Barbara.

– Oui, dit Chris. Vous ?

– München.

– Ah, dit Chris.

Elle but une gorgée de café, nota que Peter regardait fasciné la zébrure blanche qui parait son sein gauche, n'en fournit aucune explication.

– Va faire chaud, je pense, dit Peter.

– Ouais, fit Chris, fermant les yeux. Réveillez-moi s'il se passe quelque chose.

Peter et Barbara échangèrent un sourire. Ils la trouvaient charmante.

Vers midi, Miriam émergea d'un sommeil profond et un tant soit peu poisseux, tituba à travers sa chambre minuscule surchauffée par le soleil en direction du lavabo où elle procéda à une ablution rapide, sauta dans un maillot, attrapa serviette et affaires de plage, gagna la rue.

Elle avala un café au premier bistrot puis se rendit cent mètres plus loin chez Dorothée, où elle tambourina en vain sur la porte close. Elle allait repartir lorsque Dorothée parut en haut de l'escalier, des paquets nombreux dans les bras et des poches sous les yeux.

– Tu arrives, là ? demanda Miriam.

Dorothée posa ses sacs, ouvrit sa porte sans un mot pour aller se jeter en silence sur son lit.

Miriam étudia avec intérêt les paquets qui portaient pour la plupart la signature de boutiques prestigieuses.

– T'as gagné au loto ?

– Oui, dit Dorothée, impassible.

– Je peux regarder ?

– Vas-y.

Miriam déballa avec des cris stridents robes, maillots, bustiers en soie, sacs, bijoux, chaussures.

– Mais dis-moi..., supplia Miriam. C'est l'autre là, Romain ?

Dorothée resta muette.

– Mais qu'est-ce que tu as ?

– Rien, dit Dorothée d'une voix lasse. Parle-moi de J.-J.

– Sympa, dit Miriam.

Elle hésita un instant avant d'ajouter :

– On va se revoir. Ses parents ont une villa.

– Une villa ?

– Oui, enfin, un pavillon.

– Ah, dit Dorothée. Qu'est-ce qu'ils font ?

– Ils ont la station BP sur la nationale.

– Super, dit Dorothée.

Un temps, et elles éclatèrent de rire toutes les deux.

– Je te le présenterai, dit Miriam, mais tu ne me le piques pas, hein ?

– Enfin, dit Dorothée, peinée, est-ce que je t'ai déjà piqué un mec ?

– Plein, dit Miriam.

Elles rirent encore. Dorothée commençait à se sentir mieux. Elle se pencha sur la pile de maillots neufs.

– Lequel je mets ?

Et si, songeait Vic au volant de la 604, tandis que ses fils se chamaillaient à l'arrière et que Marianne tentait en vain de les calmer, le châtiment était là, maintenant, deux ans après la faute et ingénieusement confondu avec elle ? Non pas la honte de la chose découverte, exposée, mais sa répétition. Condamné à reprendre le sentier étroit et sombre, parfumé de promesses et ne menant nulle part.

Au lieu d'exalter hypocritement auprès de sa

famille les joies anticipées d'une journée de plage, il aurait dû se cadenasser dans la villa, volets clos et pneus crevés, s'enchaîner à la piscine comme Ulysse à son mât, faire avec Marianne une longue et tendre sieste, se laisser battre au ping-pong par son fils aîné, enseigner au cadet les subtilités du revers « chopé », écouter avec une tolérance nouvelle les souvenirs lestes de Guillaume Lamotte.

– Doucement ! dit Marianne.

La lourde Peugeot tanguait dans un virage avec un hennissement de pneus indignés.

Qui, se demanda Vic, lui avait dit un jour que l'homme ne pouvait concevoir l'avenir que comme une correction du passé ? C'est une phrase, se dit-il, qui vaut ce que valent les phrases. On va à la plage. Se baigner. Bronzer. Discuter. Rien de plus.

Beaucoup de monde, au marché, comme d'habitude, mais cela n'empêcha pas Claude de le repérer presque aussitôt. Il achetait des fruits, pieds nus, bermuda et débardeur, pas rasé, hirsute et gai.

– Bon, allez, mets-m'en un kilo aussi, et triche pas, hein ?

La fille rigola, pesa les abricots, laissant Romain piocher un raisin à droite, un brugnon à gauche.

– Pas terrible, ton muscat.

– Trop tôt, dit la fille.

Il hocha la tête, se pencha les bras remplis de sacs en papier qui débordaient.

– Tiens, dans la petite poche, tu trouveras ton bonheur. N'en profite pas, hein?

Elle glissa la main dans la poche de son bermuda, rougissante, se servit, rendit la monnaie.

Claude s'éloigna, acheta ses fruits plus loin, contente qu'il ne l'ait pas vue. Mais lorsqu'elle retourna à sa voiture, à l'extrémité de la place, elle trouva Romain assis sur le capot de la Ford de location, mangeant ses abricots et crachant les noyaux avec force et précision.

– Salut, dit-il. Tu m'emmènes? J'ai pas de véhicule.

Elle ne sourit pas, le regarda, ouvrit sa portière.

– Montez, c'est ouvert.

Il s'installa pendant qu'elle posait ses achats à l'arrière.

Durant les dix minutes du trajet, il ne dit pas un mot, si ce n'est pour lui proposer un abricot qu'elle refusa. Il se prélassa sur son siège, cracha ses noyaux par la portière et chantonna un air difficile à identifier.

Quand elle rangea la voiture sous l'auvent de paille au parking de la plage, il resta un moment immobile, puis ouvrit la portière, dit :

– Merci.

Et disparut.

Aldo lui servit le « baby » sans qu'elle eût à le lui demander, et elle y trouva son réconfort habituel.

Verre en main, elle parcourait la plage des yeux à la recherche de Chris, lorsque celle-ci surgit à côté d'elle.

– Pas trop tôt, dit-elle. Viens. J'ai invité les Allemands.

– Les Allemands? demanda Claude se laissant guider vers le restaurant.

– Oui, tu sais bien. Ceux d'hier.

– Le petit couple?

– C'est ça. Il y a Vic et Marianne aussi.

– Ah, dit Claude. Je n'ai pas faim. Je me suis acheté des fruits.

– Je prendrai tes régimes au sérieux quand tu arrêteras le scotch, dit Chris. Qu'est-ce que tu foutais avec Kalidès?

– Kalidès?

– Oui, Romain.

Claude s'arrêta.

– Il s'appelle Kalidès? Rien, je l'ai emmené, c'est tout. Il est grec?

– Occupe-toi de Vic, il fait la gueule, je ne sais pas pourquoi.

– Eh bien, les voilà! dit Marianne, apercevant Claude et sa fille.

– Bonjour, dit Claude. Ne vous levez pas.

– Barbara, dit Chris, et Peter.

– Oui, dit Claude, je me souviens. Bonjour.

Claude prit place près de Vic et Marianne, tandis que Chris s'installait à l'autre bout de la table entre Peter et Barbara. Elle adressa un rapide sourire à Vic, qui s'en saisit comme un naufragé une bouée providentielle, et simultanément posa son pied nu avec fermeté sur celui de Peter, lequel frémit des pieds à la tête, appartenant très manifestement à la race des « allumettes ».

Plus le pied de l'adolescente effleurait, pressait, cajolait celui de Peter, plus elle se consacrait par le regard et l'attention à Barbara. Elle l'interrogea sur tout, ses vêtements, ses parents, ses études, ses taches de rousseur, sa marque de cigarettes. Et toujours, sous la table, elle enflammait consciencieusement Peter, lequel, mis à mal et peinant à rester naturel, choisit de se tourner vers Claude, Vic et Marianne, dont il tenta de suivre la conversation, riant quand il convenait, hochant souvent la tête, et négligeant à peu près complètement le contenu de son assiette.

Ce serait sous-estimer la science de Chris que de s'imaginer qu'elle ne tint à Barbara que des propos anodins, destinés simplement à donner le change. Très vite, la jeune Allemande perçut sous les questions une sollicitation imprécise mais vive et chaude, se sentit enveloppée par le regard vert, le sourire gai, et l'adorable poitrine cuivrée qui oscillait joliment au-dessus de son assiette comme sortie tout droit du plus célèbre des tableaux de Gauguin.

Quant à Vic, pour reprendre la métaphore du noyé en puissance, il recevait des yeux de Chris, rarement et toujours à l'instant où tout espoir mourait, suffisamment d'oxygène pour espérer de nouveau et puis mieux se désespérer en attendant la prochaine bouffée.

On aurait tort, enfin, de croire que Chris n'accorda aucune attention à Marianne ou à sa mère. Avec chacune, de temps à autre, elle échangea une plaisanterie ou un mot, si bien que personne, à la fin du repas (à part Vic, et encore celui-ci pouvait-il lui reprocher une discrétion sans aucun doute destinée à préserver les apparences?) n'aurait pu se plaindre de l'indifférence, inattention ou détachement de Chris.

En vérité, Chris se sentait un devoir envers ses semblables, le devoir de se partager entre eux. En d'autres termes, elle leur reconnaissait implicitement un droit sur sa personne. A la source de cette étrange conviction se trouvait naturellement ce narcissisme qui la faisait s'émerveiller d'être elle-même et par voie de conséquence se sentir débitrice envers tous ceux qui partageraient cet émerveillement, débitrice et aussi complice.

En quelque sorte, elle était gardienne et distributrice d'un bien dont elle seule pouvait organiser la répartition, sur lequel elle avait tous pouvoirs, *à condition qu'il y ait effectivement partage.* Les modalités lui appartenaient; libre à elle de les modifier à son gré, d'en transformer l'esprit et la lettre, pourvu qu'il y ait respect du principe inaliénable : elle se devait à autrui, ne pouvait ni ne devait se garder pour soi. Ayant tôt compris que « se donner » n'est qu'une image, et que ce que l'on donne, justement, ce n'est jamais que cela : une image, elle avait étudié avec soin l'outil au moyen duquel ce don s'accomplit, et qu'on appelle « promesse ».

Il faut savoir faire des promesses, s'était dit Chris, ne pas les tenir, et que non seulement on ne vous en tienne pas rigueur, mais que plus encore on en mendie d'autres... Et ce, *ad nauseam,* car vivre intensément, un écrivain l'a dit ou écrit, c'est voyager et non pas arriver. Et le voyage qu'on accomplit dans sa tête sur un navire nommé *Promesse* vaut bien les îles de la Sonde aux bons soins de la maison Paquet.

Ainsi, depuis sa douzième année, raisonnait Chris, qui jusqu'à maintenant n'avait pas une seconde songé à lever l'ancre elle-même, étant tout entière encore pénétrée par la faculté qu'elle avait d'expédier autrui vers des rivages qu'il n'atteindrait jamais.

Toute entreprise, quelle qu'elle soit, suppose pour être menée à bien la volonté d'entreprendre et les moyens de le faire. Pour les moyens, la nature avait remarquablement armé Chris, et la volonté avait surgi d'elle-même. Quiconque, se découvrant propriétaire d'une mine d'or, se lancera tout naturellement dans son exploitation.

Chris pouvait difficilement s'imaginer, à la fin de ce repas où elle avait donné la pleine mesure de son art, qu'une ombre planait sur elle, et que cette année-ci, rien ne serait vraiment comme avant.

Toutefois, elle savait déjà qu'il y avait un danger, et le danger avait déjà un visage. Peut-être espérait-elle, même inconsciemment, par la maestria de sa prestation à table, le conjurer avant qu'il ne soit trop tard ?

On peut, sans anticiper sur les événements à venir, révéler que, si tel était son but, elle le manqua.

Cependant, si un homme avec une mitrailleuse tirant en tous sens pour atteindre une cible qu'il rate éprouve de la satisfaction à laisser sur le pavé toutes sortes de victimes innocentes, alors Chris, d'ores et déjà, pouvait se prévaloir de cette satisfaction-là.

V

Promesses

« *Visitez Les Mas de Parnelle – Prix Fermes et Définitifs.* » La bannière flottait sous un Piper qui bourdonna tout le long de la baie, vira au large et disparut.

– On achète un mas ? demanda Vic, simplement pour dire quelque chose.

– C'est des lotissements, dit Marianne. Je les ai vus sur la route. Affreux.

– Ah, dit Vic.

Il alluma une cigarette sans en avoir envie.

– Tu refumes ? s'étonna Claude.

– Il refume, confirma Marianne.

Vic hocha la tête. Il cuisait au soleil, se sentait mou et distendu comme un vieux chewing-gum. Il se tourna sur le ventre, s'accorda un regard en direction de Chris qui jouait au backgammon avec Peter sous l'œil amical de Barbara.

Peter jouait bien. Avec méthode, application, prudence. Il domina Chris jusqu'au milieu de la partie, et puis les dés donnèrent successivement à Chris un double quatre, un double deux et un double cinq.

Peter sourit.

– La chance, dit-il.

Chris leva la tête, l'œil limpide, glissa sous la table sa jambe contre celle de Peter.

– Vous aussi, vous avez de la chance, dit-elle.

Perplexe, Barbara demanda :

– *Was soll das heissen?*

Peter haussa les épaules, puis hâta sa propre chute en jouant maladroitement les coups suivants.

– Merci, lui dit Chris, refermant le jeu.

Et se tournant vers Barbara :

– Tu viens te baigner ?

Désarçonné par cette soudaine complicité féminine, Peter regarda Chris et Barbara descendre à la mer.

Dorothée somnolait yeux fermés lorsque le doigt de pied de Chris vint insolemment tracer sur son ventre la marque blanche qui trahissait un changement de maillot.

– C'est nouveau, ça, dit Chris.

Aveuglée par le soleil, Dorothée plissa les yeux en direction de la silhouette désinvolte de Chris, flanquée d'une jolie blonde un peu massive qui souriait.

– Et alors ? demanda-t-elle, sur la défensive.

– Rien, dit Chris, c'est la couleur.

– Qu'est-ce qu'elle a, la couleur?

Chris sourit.

– Très jolie.

Elle prit le bras de Barbara, s'éloigna avec elle.

Miriam, qui avait suivi l'échange bouche bée, se tourna vers Dorothée.

– Qu'est-ce qui lui prend à celle-là?

Dorothée haussa les épaules.

– J'sais pas, mais elle commence à me gonfler.

– Mais c'est qui?

– Salomé, dit Dorothée, sauf que c'est pas son nom. Elle s'est fait piquer par une méduse, hier.

– Ah, dit Miriam, cherchant vaguement à établir un rapport entre la méduse, la couleur du maillot et le nom qui n'était pas celui de la fille.

Elle finit par abandonner, consulta discrètement sa montre.

– L'heure d'appeler J.-J.? demanda Dorothée, qui lui tournait presque le dos.

Miriam rougit et ne dit rien.

Chris et Barbara nagèrent jusqu'à la bouée jaune où elles s'agrippèrent essoufflées et contentes.

– Tu nages bien, dit Chris.

Barbara se contenta de sourire et de haleter.

– Mais, poursuivit Chris, ça laisse à désirer côté bronzage. Regarde.

Elle appuya son bras contre celui de Barbara, comparant la teinte.

– Pareil, dit Barbara.

– Pour les bras, admettons, dit Chris, mais pour les seins, regarde...

Elle s'accola à Barbara, mêla sa poitrine ferme et sombre aux seins lourds et pâles de l'Allemande.

– T'as vu? T'es pas à la hauteur, dit Chris, creusant les reins pour mieux promener ses mamelons sur la peau de Barbara.

L'Allemande se raidissait, souffle coupé, regardait fascinée les lèvres entrouvertes constellées de gouttes d'eau salée de l'adolescente.

– Eh! dit Chris, fais pas cette tête! T'es belle quand même! On retourne?

Elle se détacha de Barbara d'un mouvement fluide, sa jambe se glissa une seconde entre celles de l'Allemande, et déjà elle s'éloignait élégante dans l'eau verte, épaules rondes et brunes, tête sombre, bras fuselés, fendant les petites vagues avec une délicate régularité.

Marianne ouvrit un œil, constata que Vic scrutait la mer.

– Ils se débrouillent?

Vic chercha rapidement, localisa les deux planches à voile où ses fils passaient de la verticale à l'horizontale comme fauchés régulièrement par une main invisible et malveillante.

– Pas terrible.

– C'est dur au début, dit Marianne. Jérôme a mis une semaine pour trouver le truc.

– Jérôme, dit Vic qui détestait le cousin, mettrait une semaine à trouver le truc s'il était au lit avec une fille.

Marianne sourit.

– T'es méchant, dit-elle.

Claude se souleva, ajustant son haut de maillot, dit :

– Je reviens.

Et se dirigea vers le bar.

La Porsche décapotable traversa le parking beaucoup trop vite, soulevant des nuages de poussière, se mit en crabe et s'arrêta roues bloquées à un mètre du préposé arabe qui fulminait, ayant, de peur, fait un bond considérable.

– Tu roules trop vite, ducon, fils de chien, dit-il.

– T'as raison, dit Romain, lui jetant la clef de contact. Tiens, Jean-Loup passera la prendre ce soir.

– Jean-Loup, je l'emmerde, dit l'Arabe, empochant la clef.

– Sois pas grossier comme ça, dit Romain.

Il gagna l'allée flanquée de hauts roseaux qui

menait à la plage. A mi-chemin, il s'en écarta pour faire un crochet du côté du « jaccouzi » où il alla voler une cigarette dans le paquet qui traînait sur la table de massage.

– Tu permets ?

La grosse Nelly, qui flottait comme d'habitude dans sa baignoire bouillonnante, hocha la tête, le regarda allumer sa cigarette, puis creusa les reins pour soulever son bas-ventre et lui présenter son large sexe noir sur lequel elle dirigeait le jet de bulles.

– Tu viens ?

Il dévisagea la punk lascive avec dédain.

– Tu t'es regardée, oui ? On dirait un hippopotame dans la vase !

– T'oses pas, Kalidès, t'oses pas baiser la grosse Nelly !

Il secoua la tête avec commisération.

– T'en es à combien ?

– Soixante-quatre depuis le 20 mai, dit Nelly, et je compte pas Aldo.

– Pauvre Aldo, dit Romain, si tu ne le comptes pas, qui le comptera ?

– Le plains pas, dit Nelly, je suis le meilleur coup de la côte !

Elle émit un rire gras et roucoulant, exhibant non seulement son intimité dans les plus petits replis mais également trois belles dents en or.

– Tu rigoles ? C'est moi ! dit Romain, s'éloignant.

– Justement, hurla Nelly, on est faits pour s'entendre...

Il la laissa glousser dans ses bulles, regagna l'allée, contourna le bar par l'arrière et vint se placer derrière Claude qui attendait qu'Aldo, débordé, l'aperçoive.

– Aldo! cria-t-il, provoquant l'arrêt immédiat de toutes les conversations à trente mètres à la ronde, ça fait vingt minutes qu'on attend, ma camarade et moi!

– Oui, ben j'ai que deux mains, grommela Aldo, voulez quoi?

– Baby, dit Claude.

– Deux, dit Romain.

Il porta les deux verres à une table vide, s'y installa, obligeant Claude à en faire autant.

Elle s'assit face à lui, sourit.

– Merci.

– De vous avoir piégée?

Elle le regarda.

– C'est rafraîchissant, cette franchise.

– Je suis un type rafraîchissant, dit Romain.

Il leva son verre.

– A nous.

Elle le dévisagea sans broncher.

– Nous quoi?

– Nous.

– On vous a commandé une vieille, peut-être?

– Fallait mieux m'écouter. Je n'ai pas dit « vieille », j'ai dit « trop vieille ». Trop vieille pour ce que tu pensais.

– Autrement dit, nous avons affaire à une démarche désintéressée, c'est ça ? Non professionnelle, si j'ose dire ?

Il la regarda, se mit à rire.

– Du calme, dit-il.

– Je suis calme.

– T'es complètement sur les dents.

– Pas du tout.

– Pouls : 180 tours minute, tension : 24, adrénaline : vaut mieux pas en parler. Tant pis, j'ai trop envie, je t'embrasse...

Elle se recula brutalement.

– Il n'en est pas question.

Elle vida son verre d'un trait, les yeux au loin. Il y eut un temps.

– Bon, dit-il, vingt et une heures, ce soir, chez Fernand. Si je me rase, elle viendra ?

Il prit son verre auquel il avait à peine touché, le posa devant Claude, près du verre vide.

– Non.

– Si, dit Romain, elle viendra.

Deux bras ronds et mouillés se drapèrent autour de lui.

– Qui viendra où ? demanda Chris.

– T'es en train de mouiller mon tee-shirt, dit Romain.

– Réponds !

– Fous-moi la paix, Salomé. Je parle à ta mère.

Claude croisa le regard de Chris, y découvrit une lueur bizarre et inhabituelle.

– Pas de méduses ?

– Mais non, l'eau est bonne. Viens, j'y retourne avec toi.

Claude secoua la tête, se tourna vers Romain.

– Pourquoi l'appelez-vous Salomé ?

– Demande-lui.

Chris sourit.

– Il ne veut pas me le dire, non plus. Il y a papa au téléphone.

Elle glissa l'information si négligemment que Claude mit une seconde pour réagir.

– Quoi ?

– Ton mari, Pierre Rivault, tu le remets ?

Elle se leva d'un bond.

– Tu aurais pu me le dire plus tôt !

Elle se hâta en direction du bar.

Chris posa une fesse mouillée sur la table, regarda Romain.

– Qu'est-ce que tu lui veux, à ma mère ?

Il sourit, se leva.

– Pourquoi tu ne fais pas un château de sable ?

Chris serra les lèvres.

– J'ai passé l'âge, dit-elle froidement. J'ai trouvé d'autres jeux.

– Je sais, dit Romain.

– Et tu ne veux pas jouer ?

– Non, dit Romain, Jean-Baptiste y a laissé sa tête.

– Connais pas, dit Chris. Où tu seras, ce soir ?

Il lui embrassa le bout du nez.

– Pas avec toi.

Elle le regarda s'éloigner, le rattrapa et l'entourant de ses bras se pressa contre lui. Face à face, ils se regardèrent.

– On peut savoir ce que tu fais ?

Elle sourit, accentua la pression de ses reins.

– Je te fais bander.

– Présomptueuse, dit Romain. Fais-nous un beau château de sable.

Il repoussa Chris, qui le regarda se diriger vers les matelas, plonger sur Dorothée qui dormait et qui s'éveilla avec un hurlement.

– Tu rêvais de moi, oui ou non ?

Miriam se mit à rire.

– Bien sûr, dit Dorothée.

– J'aime mieux ça, dit Romain.

Et il l'embrassa avec plus de ferveur qu'il ne lui en avait jamais témoigné auparavant.

Impassible, Chris cessa de l'observer, se détourna pour gagner le bar où Claude parlait avec son mari.

– ...comme d'habitude, disait Claude, là on est avec Vic et Marianne qui sont descendus. J'ai vu Jean-Marc aussi, hier, avec Paméla, ils t'embrassent. Il s'est cassé un orteil au *Big Jim*, l'autre soir, je ne sais pas trop comment, mais sinon ils vont bien.

– Quand il vient ? demanda Chris.

– Chris demande quand tu viens. Oui. D'accord. On t'embrasse. *Don't do anything I wouldn't do...*

Chris soupira, indiquant que la plaisanterie avait déjà beaucoup servi.

– Alors, demanda-t-elle, il vient quand ?

– Il ne sait pas encore. Bientôt. Qu'est-ce qu'il t'arrive ? Une flambée d'amour filial ? Besoin de ton papa, soudain ?

Chris ne dit rien, elle regardait Vic dans la mer en train d'aider ses fils à ramener leurs planches à voile.

Vic régla le responsable, un maître nageur trapu qui, par suite des longues heures qu'il passait dans l'eau à enseigner la brasse aux enfants, semblait, comme un serpent, subir la chute de la peau de ses jambes et en fabriquer une nouvelle, rose et marbrée, vouée elle aussi à mourir d'un excès d'eau salée.

– Ne disparaissez pas ! cria Vic aux garçons qui partaient en courant, dans une heure, on s'en va !

– Ouais ! répondit le cadet, à la traîne de son frère.

– Une heure seulement ? dit la voix de Chris.

Vic se figea, se retourna.

Elle l'attendait, pieds dans l'eau, immobile. Il s'approcha lentement d'elle.

– Faut bien, dit-il.

– On s'est à peine vus.

Ils marchèrent côte à côte dans les petites vagues, veillant à ce que leurs bras se frôlent souvent.

– Écoute, dit Vic.

– Oui ?

Elle s'arrêta, le fixa avec de grands yeux.

– Je... Je ne sais pas ce que tu veux.

– Toi, dit Chris.

Il la regarda, ému, sceptique, inquiet.

– Tu en es sûre ?

Elle sourit.

– Toujours aussi sérieux, hein ? On se voit, ce soir ?

– Je ne sais pas.

– Dix heures ici ?

Elle sourit encore, appuya doucement le dos de sa main contre son maillot sur la bosse du sexe.

Il réagit aussitôt.

– C'est malin, dit Vic, de quoi j'ai l'air, maintenant ?

– Tu as l'air très bien, dit Chris. Tu viendras ?

– Oui.

– Alors, va te baigner, ça te calmera.

Elle le laissa là, remonta la plage entre les parasols d'un pas indolent, se jeta sur le matelas à côté de Marianne.

– T'es noire, dit-elle.

– Pas de flatterie, dit Marianne.

– Si, je t'assure. Superbe. C'est vrai que tu veux retravailler ?

– J'y pense, dit Marianne. Les enfants sont grands, je m'ennuie un peu.

– Et tu sais où ?

– J'ai sondé Czarniak. Il serait d'accord pour me donner des piges, et si les papiers plaisent, ils me reprendront au staff.

– C'est un bon journal, dit Chris.

– C'était, dit Marianne, mais enfin ça reste intéressant.

– Tu devrais, dit Chris. C'est une bonne idée. Pour toi, pour Vic, ce serait bien que tu retravailles.

Marianne lui jeta un regard.

– Épargne-moi le couplet, tu veux ?

– Non, c'est vrai, dit Chris. C'est mieux.

Elle ferma les yeux, s'étira comme un chat, ajusta la cale sous son matelas.

– Sont partis, le petit couple ?

– Les Allemands ? Je ne sais pas. Ils sont sympathiques.

– Oui, dit Chris. Un peu nuches.

– Nuches, mais sympas, dit Marianne avec un sourire.

Vic arriva, trempé après sa baignade, s'allongea.

– Ça va mieux ? lui demanda Chris, candide.

– Oui, dit Vic.

– Ça n'allait pas ? demanda Marianne.

– Il avait trop chaud, dit Chris.

– Ah, fit Marianne.

Chris échangea un regard avec Vic, et referma les yeux.

Le « petit couple » se trouvait à la boutique où Barbara essayait, sous l'œil approbateur de Peter, jupes, robes et maillots.

A l'évidence, l'enthousiasme de Peter à lui faire un cadeau et la réticence ravie de Barbara à l'accepter sonnaient faux.

Ils parlaient beaucoup, riaient trop, s'embrassaient pour un rien, évoquaient ceci et cela, n'importe quoi, n'importe qui, sauf Chris.

Sept heures passées, la plage se vidait. L'heure de rentrer, de « s'hydrater », de constater dans le miroir les bienfaits de la journée au soleil, de préparer la soirée.

Jean-Paul titubait, muscles saillants, sous une montagne de matelas qu'il soulevait du sol un à un au moyen d'un petit fléchissement des jambes suivi d'un coup de pied latéral qui amenait le coin avant gauche du matelas à portée de la main droite du plagiste. Une fois le matelas en main, Jean-Paul tanguait une seconde, rétablissait son équilibre et d'un large mouvement du bras et d'un nouveau fléchissement à hauteur des genoux, envoyait le matelas rejoindre ses semblables au sommet de la pile. Il ne lui restait plus qu'à recommencer l'opération qui constituait un divertissement appréciable pour qui traînait encore sur la plage à cette heure tardive où le soleil déjà bas nimbait la peau des femmes d'un éclat chaud et flatteur.

Vic, Marianne et leurs fils étaient partis, ainsi que Claude. Restaient Chris, allongée sur son matelas, visage enfoui dans sa ruisselante chevelure, immobile, et le couple allemand qui jouait au backgammon. Miriam était partie, mais Dorothée, assise dans le sable, creusait un trou pour y enfouir des papiers gras à l'insu de Jean-Paul. Aldo chargeait ses machines à laver, alignait des verres, rangeait des bouteilles. Son transistor diffusait un solo mélancolique de Miles Davis.

La plage se disposait au sommeil.

Chris se dressa, secoua ses cheveux et gagna la douche, une affaire rudimentaire aménagée à découvert, à l'extrémité du bar, permettant de se débarrasser du sable, du sel et du trop-plein d'huile solaire.

Chris se plaça sous le pommeau, actionna le bouton, laissa l'eau claire lui ruisseler longuement sur le corps. Barbara, par-dessus l'épaule de Peter, lui jeta un regard, revint à la partie.

Miles Davis trouva de nouveaux et plaintifs prolongements à son thème, les explora avec infiniment d'émotion.

Cheveux plaqués sur les tempes, les joues, les épaules, immobile, yeux fixes, Chris semblait une statue sous la pluie.

Barbara, de nouveau, tourna les yeux vers elle, à l'instant où Aldo, essuyant son comptoir, lançait à l'adolescente :

– Laisses-en un peu pour les autres...

Ce genre de remarque lui tenait lieu d'humour. Chris le dévisagea avec dédain.

– C'est toi qui payes ?

Elle défit sa minuscule culotte, se recula nue pour la passer sous le jet.

Barbara étudia la toison fine, étroite et sombre, où convergeaient les lignes du bassin et des hanches, et avec laquelle les pointes des seins ronds et durs ne pouvaient que former un triangle parfait. Le corps, tout comme le visage de Chris, appelait, par son extrême régularité, les comparaisons géométriques.

– *Du bist dran,* dit Peter.

Barbara se ressaisit, prit le gobelet, jeta les dés. Quatre et un. Elle joua distraitement. Chris, une serviette autour des reins, regagnait son matelas où elle enfila jean et tee-shirt.

– Perdu, dit Peter.

Barbara hocha la tête. Elle regrettait que la journée se terminât déjà.

– Dites... vous voulez bien me ramener ?

Peter et Barbara tournèrent la tête ensemble.

– Bien sûr, dit Peter.

Elle s'installa au milieu de la banquette arrière, posa une main sur chacune des épaules de Peter et Barbara, chantonna une chanson.

– Vous êtes de bonne humeur, dit Peter, pilotant la voiture entre les murs de roseaux et accélérant une fois la route atteinte.

– Oui, dit Chris, pas vous ?

– Si, dit Peter.

Il rencontra l'œil vert de Chris dans le rétroviseur, s'y perdit un instant. Puis Chris se détacha, se pencha pour murmurer quelque chose à l'oreille de Barbara qui se mit à rire.

– Quoi ? demanda Peter, *was?*

– Rien, dit Chris.

Et Barbara rit de nouveau.

Devant l'hôtel, Chris sauta par-dessus la portière, récupéra son sac.

– Merci, dit-elle. Vous êtes sympas. Faudra qu'on fasse un truc un de ces soirs.

Elle les salua de la main, disparut. La Golf repartit. Et ni Peter ni Barbara ne remarquèrent le silence de l'autre.

L'avant-dernier matelas était rangé, ainsi que les parasols dont les pieds seuls se dressaient à intervalles réguliers. Aldo avait fixé ses volets, cadenassé sa porte et rejoint la grosse Nelly dans l'antédiluvienne deux-chevaux de cette dernière.

Le dernier matelas se trouvait encore sur le sable car Dorothée y méditait toujours, seule sur la plage déserte, morose et mélancolique.

Jean-Paul s'approcha avec une certaine appréhension.

– Il ne viendra pas.

Dorothée lui jeta un regard méprisant.

– Qu'est-ce que vous en savez ?

– Il a téléphoné. Il ne peut pas venir.

Elle le dévisagea.

– Téléphoné ? A qui ?

– Aldo.

– Pourquoi il ne m'a rien dit, Aldo ?

– Il me l'a dit à moi.

– Pourquoi vous ? Pourquoi il n'a pas demandé à me parler ?

– Qui ? Aldo ?

– Imbécile, Romain.

L'imbécile se contenta de courber la tête, de tripoter un paquet de Rothman's rouge, et enfin de le tendre.

– T'en veux une ?

Elle secoua la tête.

Jean-Paul s'accroupit près d'elle, lui offrant silencieusement sa présence en guise de consolation. Un vrombissement déchira l'air, le dernier bateau se mettait en mouvement, virait large soulevant un banc d'écume, disparaissait en direction du port laissant un sillage qui bouillonna un moment puis se fondit dans la masse verte des flots.

– Et ta copine ? demanda Jean-Paul.

Dorothée haussa les épaules : aucune envie de s'étendre sur J.J. et sa station-service.

– Allez, dit Jean-Paul, risquant un bras musclé autour de ses épaules.

Elle se figea un instant, puis se laissa cajoler. « Un type extra, avait dit Romain, tu peux y aller. »

VI

Vaudeville

Ce n'est pas le moindre des charmes d'une promesse que d'être presque innocente. On ne juge ni ne condamne un acte tant qu'il reste potentiel. Irréalisé, il est, sinon légitime, du moins immatériel, et jouit à ce titre d'une complète impunité. Il occupe l'esprit et, ne portant pas à conséquence, s'y mire sous son meilleur profil.

Mais à l'heure et à la minute et à la seconde où l'on va la concrétiser, l'honorer, rien ne va plus. Les arguments « pour », si séduisants auparavant, s'étiolent et pâlissent d'un seul coup, et les arguments « contre », qu'on avait écartés d'un cœur si léger, deviennent des spectres grimaçants.

Depuis une heure, Claude, allongée dans la baignoire, subissait les affres de l'indécision. Non pas qu'elle ne pût se décider, elle ne cessait de le faire, mais presque aussitôt, se ravisait. La soif et la peur de l'inconnu pesaient d'un poids si égal que, selon que l'une ou l'autre l'emportait, il s'ensuivait immédiatement un regret, soit pour l'aventure perdue, soit pour la sécurité compromise, et tout était à recommencer.

Sortie de l'eau, et occupée à se maquiller, elle s'exaspérait encore dans la plus totale irrésolution, lorsqu'elle entendit la porte de la chambre.

Elle donna cinq secondes à Chris pour repérer la robe qu'elle avait sortie de la penderie. Il lui en fallut trois.

– C'est quoi, ça ?

Dans la salle de bains, Claude se figea. Elle avait trop tardé, il fallait plonger. Déjà Chris paraissait sur le seuil.

– C'est quoi, quoi ?

– La robe là ?

– C'est une robe.

– Où tu vas ?

Avec ces trois mots, Chris tenait pour acquis qu'elle sortait : en quelque sorte elle avait pris la décision pour sa mère.

Aussitôt, Claude fut calme et résolue.

– Chez Lamotte.

– Encore ?

– Il a invité des gens. J'ai dit qu'on irait.

– Moi, j'y vais pas, en tout cas. Quels gens ?

– J'sais pas trop. Un écrivain, je crois, et sa femme.

– Sans moi, dit Chris. Je vais me changer.

La porte se referma.

Claude mit la dernière touche à son maquillage et s'étudia dans le miroir.

Il fallut un certain temps à Romain, une fois franchie la porte du restaurant, pour atteindre la table où Claude l'attendait. Il salua d'abord des connaissances à la terrasse, puis il embrassa affectueusement le patron, avec lequel il échangea quelques mots, s'attarda encore pour apostropher tel dîneur, biser telle autre, aider une Américaine très jeune et très jolie à déchiffrer le menu, prendre des nouvelles d'une octogénaire qui dévorait un crustacé avec une énergie qui confinait à la violence, et caresser la tête des trois enfants d'une famille bruyante, avant de s'attabler enfin face à Claude avec le sourire joyeux de qui goûte dans un cadre chaud et familier une rafraîchissante nouveauté. Claude se sentait ni plus ni moins qu'une inhabituelle gâterie inscrite à la dernière minute par Fernand sur sa carte laborieusement calligraphiée.

– Apparemment, dit-elle, c'est la première fois que vous venez ici.

– Tu plaisantes! s'exclama Romain, insensible (ou faisant semblant de l'être) à l'ironie. Je viens ici tout le temps.

– Ah bon, dit Claude.

– Je suis le parrain de sa fille, dit Romain. Béatrice.

– La fille de qui?

– Fernand. Elle était petite comme ça. Maintenant, c'est une vraie petite femme, salope comme pas une. Tu veux un apéritif ?

Il apparut à Claude que si Romain avait décidé de lui faire regretter d'être venue, il ne s'y serait pas pris autrement.

– Oui. Un kir.

Il le faisait exprès, la mettait à l'épreuve pour on ne sait quelle obscure raison. Elle sourit.

– Je vous fais peur ?

Il la dévisagea.

– Complètement.

– C'est bien ce que je pensais. Mon grand âge, sans doute ?

– Ça m'impressionne, dit Romain.

Il réfléchit une seconde, continua :

– Non, je suis content que tu sois là.

Elle le regarda, secoua la tête.

– Quoi ? demanda-t-il.

– Rien.

Elle pouvait difficilement lui dire qu'elle se félicitait d'être venue.

Pourtant, c'était le cas.

Le parking de la plage prenait à la lueur des phares des allures fantomatiques. Les rangées de paillasses sur leurs tiges métalliques n'abritaient que le sol sablonneux, et Vic, au volant de la 604, chercha en vain le véhicule qui aurait permis à Chris de venir.

Elle ne serait pas là. Il en acquit la certitude dans ce parking désert, sombre, mort.

Et c'est aussi bien, pensa-t-il, à la fois soulagé et déprimé.

Il arrêta sa voiture n'importe où, coupa les phares, et se trouva aussitôt enveloppé par une obscurité dense, un peu froide.

Dans sa cabane, le gardien arabe écoutait Oum Khalsoum dont les stridences atonales flottaient dans la nuit comme des lambeaux de chair arrachés un à un.

Vic trouva à tâtons l'allée de la plage, avança lentement, se cogna au mur du restaurant, puis, ses yeux s'habituant à la nuit, passa le bar et déboucha sur le sable où ses pieds enfoncèrent.

Il longea les tables, se dirigea vers la mer qui soupirait au loin, masse sombre et endormie.

Qu'est-ce que je fous ici, se dit-il, avec une pensée affectueuse pour la villa, Marianne, pour les garçons et même pour Guillaume Lamotte.

– Je ne pensais pas que tu viendrais, dit Chris.

Il sursauta, car la voix, calme, résolue, venait de derrière lui. Chris était assise sur une table, près de l'extrémité du bar, silhouette immobile, laconique, obscure.

– Pourquoi ?

La silhouette haussa les épaules.

– Ça ne serait pas la première fois.

Il resta un moment interdit, puis s'approcha jusqu'à discerner l'ovale pâle du visage.

– Qu'est-ce que tu veux dire ?

Encore un haussement d'épaules.

– Laisse tomber.

Et elle s'allongea sur la table, s'y immobilisa comme un gisant.

– Non, explique-toi.

– Pourquoi. C'est loin tout ça. J'avais quatorze ans. C'est normal que tu en aies eu marre.

– Mais enfin, Chris, c'est toi qui...

– Évidemment, c'est moi !

Elle se dressa, indignée soudain.

– J'ai pris les devants, je t'ai tout épargné, y compris la rupture. Ce que je pouvais être poire...

Sa voix vibrait d'amertume et de tristesse. Il la prit dans ses bras, la pressa contre lui.

– Chris, écoute-moi. Je n'ai jamais voulu...

– Ne te fous pas de ma gueule, en plus, dit-elle. Je t'ai dit que je trouvais ça naturel. Alors, pourquoi tu fais ton numéro ?

Elle restait blottie contre lui, sans bouger, douce, chaude, vulnérable. Il lui releva la tête, affronta dans la pénombre les yeux verts, ouverts très grands, limpides, et qui lui disaient qu'elle lui appartenait, qu'il pouvait disposer d'elle, que malgré la séparation et les mensonges et la longue période d'indifférence, elle avait attendu et espéré l'heure où il viendrait la reprendre. Et il lui apparut qu'en effet il avait toujours su que rien n'était fini.

Il l'embrassa, retrouva l'extrême douceur qu'elle mettait à ses baisers, prit ses cheveux à pleines mains pour s'y enfouir, respira son odeur, son haleine, sa peau, se saoula comme un ivrogne repenti renouant brutalement avec la bouteille.

Ce corps souple qu'il tenait, qui ployait et s'ouvrait dans ses mains, cette disponibilité enivrante et fragile, bien davantage qu'une fille, c'était la vie même, dont il s'était privé par lâcheté, cécité, refus enfantin de mordre dans les seuls fruits qui font le prix de l'existence et la justifient pleinement.

Brusquement, les deux années passées, où Chris avait brillé par son absence, lui parurent creuses, ternes et tout imprégnées d'un manque qu'il n'avait jamais éprouvé.

– Non, dit Chris.

Il s'immobilisa, vautré sur elle, une main dans ses vêtements, saisi dans son empressement.

– Pas ici, pas comme ça, dit Chris.

Elle alla chercher la main de Vic, l'extirpa de sa robe, l'embrassa, glissa un doigt dans sa bouche, le suça doucement, puis le couvrit de baisers à nouveau, légers et tendres.

– Tu lui as dit quoi, à ta femme?

Il lui fallut un temps pour redescendre sur terre.

– Que je voyais un type, une relation de travail.

– Bon.

Elle semblait préoccupée du trouble que son absence pourrait susciter à la villa, se rassura à peine.

– Tu penses qu'elle t'a cru ?

– Oui, oui.

– Remarque, avec ma mère, et les amis là, elle ne va pas trop y penser.

– Ta mère ?

– Oui, elle est chez toi.

– Non.

Elle le dévisagea, raidie, terriblement immobile.

– Non ?

– Ce soir, non. Pourquoi ? Tu croyais qu'elle devait venir ?

Elle resta une seconde silencieuse, lointaine, puis à nouveau lui caressa la main.

– Pas d'importance. Toi, il faut que tu rentres.

– Mais...

– On a tout le temps, je t'appellerai.

– Vite ?

– Oui. Viens.

Tendre mais ferme, elle le ramena au parking, et il s'émerveilla de l'aisance avec laquelle elle se repérait dans l'obscurité.

Il ouvrit la portière de la 604, s'étonna qu'elle restât de son côté.

– Je ne te ramène pas ?

– Non, j'ai emprunté une mobe.

Elle désigna une vieille mobylette bleue appuyée contre une palissade. Il s'installa, lança le moteur, se tourna vers elle. Par la vitre ouverte, elle lui saisit la tête, lui baisa yeux, nez, bouche, pressa son front contre sa poitrine, se recula.

– Pense à moi, hein ?

Il hocha la tête, ouvrit la bouche pour répondre mais déjà elle disparaissait dans la nuit.

Il fit une manœuvre, engagea la première, quitta le parking. Mais sur la route, il roula à quarante, l'œil dans le rétroviseur, jusqu'à ce que paraisse le phare unique et faiblard d'une mobylette.

Il se traîna ainsi un moment, réticent à semer la petite lumière qui vacillait derrière lui dans la nuit, la seule chose qui lui restât de Chris et de leur rendez-vous.

Puis il accéléra, et mit le cap sur la villa, à la fois vibrant de son nouveau et impérieux bonheur et, kilomètre après kilomètre, de plus en plus malheureux de sa nécessaire clandestinité.

Quand Claude quitta le restaurant avec Romain, et qu'ils empruntèrent une étroite ruelle conduisant au port, elle avait obtenu sur lui des informations variées et confuses. Il aurait étudié (tour à tour, simultanément ?) l'architecture, la médecine, le droit, la cuisine et le théâtre, se serait adonné brièvement à la boxe, aurait monté une affaire de blanchisserie automatique à Dijon, loué des motos en Sardaigne, pêché le gros en Floride, aidé une princesse exilée à Monaco à se faire avorter à l'insu de ses parents et conclu un mariage blanc avec une ravissante Thaïlandaise lui permettant de rester sur le territoire national et d'y masser le Français en toute légitimité. Il enverrait de l'argent à plusieurs femmes (deux ou trois, Claude n'avait pu l'établir précisément) pour subvenir aux besoins des enfants qu'il leur avait faits par distraction, calcul ou passion immodérée. A part ça, si on regardait attentivement la bobine numéro trois de *l'Important c'est d'aimer,* film d'Andrzej Zulawski, on pouvait y voir Romain, dans la scène de la partouze, besogner une dame âgée en bordure de cadre en bas à droite; et en 1979 il aurait participé, au 24 de la rue Spontini, un 5 mars, à la plus longue partie de poker jamais enregistrée, soit quatre jours et cinq nuits, au cours de laquelle il aurait perdu sa blanchisserie automatique de Dijon, sa voiture (une Porsche) et son premier bateau. Huit jours plus tard, renfloué par des relations prodigieusement confiantes, il aurait à la même adresse, au cours d'une partie nettement moins longue, gagné de quoi offrir à ses parents un café-tabac au Havre et à lui-même un nouveau bateau singulièrement plus beau.

C'est ce même bateau qu'il se proposait de lui faire admirer si elle voulait bien le suivre jusqu'au port et avec lui se frayer un chemin parmi les promeneurs, badauds, musiciens, mendiants, voyous, campeurs, et autres vacanciers qui fourmillaient sur le quai dans la tiédeur du soir.

Elle hésita une seconde avant de monter sur le cabin-cruiser, se jouant la comédie d'une appréhension qu'elle n'éprouvait pas réellement, et à cet instant même, alors qu'elle se retournait vers le port, il lui sembla apercevoir Chris, ou, en tout cas, quelqu'un qui lui ressemblait. Cela ne dura qu'un instant et, n'eût été l'immobilité de la jeune fille dans une foule en mouvement, elle ne l'aurait certainement pas remarquée. Elle resta un moment à scruter le quai, indécise, quand la voix de Romain se fit entendre :

– Des scrupules ?

Il la regardait, goguenard.

Elle haussa les épaules.

– Non, j'ai cru...

Elle s'arrêta. C'était absurde. Chris ne se serait pas gênée pour surgir directement, lui demander ce qu'elle faisait là; jamais elle ne serait restée au loin pour la surveiller, et d'ailleurs pourquoi l'aurait-elle fait ?

– Oui ?

– Rien.

Elle monta sur le bateau.

Aussitôt, Romain s'activa, lança le moteur, se dégagea du corps mort, se conduisant comme si Claude n'était pas là.

– Qu'est-ce que vous faites ?

Il s'arrêta, trouvant la question manifestement incongrue.

– On ne va pas rester là.

– Ah non ?

Sans plus attendre, il s'affaira de nouveau, et bientôt le bateau quittait le quai, puis le port, virait pour contourner la presqu'île, gagnait dans un vrombissement puissant une position au large où le moteur s'éteignit aussi brutalement qu'il avait démarré, laissant le clapotis et le murmure du vent et le silence nocturne planer sur le pont où Claude attendait sans inquiétude excessive la suite du programme.

Romain descendit en cabine, remonta bientôt, allumant une cigarette, s'appuya au bastingage à bonne distance de Claude, tourné vers la mer, et dit :

– C'était bien elle.

Elle fronça le sourcil.

– Pardon ?

– Sur le quai. C'était bien Salomé.

Elle resta immobile. Il l'étudiait, l'œil vif mais bienveillant.

– Voulez-vous que je vous ramène ?

Elle médita une seconde, puis se tourna de nouveau vers le large.

– Vous ne me dites plus « tu » ? demanda-t-elle.

– Non, tu n'as pas l'air de vouloir...

– Moi pas, dit Claude. Mais vous, oui. Dites « tu » et moi je dirai « vous ».

– Pourquoi ?

– Le respect, dit Claude, pince-sans-rire.

– Et moi, je ne dois pas avoir de respect ? demanda-t-il.

– Surtout pas, dit Claude. Ce n'est pas ce qu'on attend de vous.

Ils se regardèrent.

– Alors, on ne retourne pas ?

– Non, dit Claude. On reste là.

Elle se tourna vers la mer.

– Comptez-vous, dit-elle d'une voix calme, rester aussi loin toute la nuit ?

– Non, dit Romain. J'avais l'intention de me rapprocher discrètement pendant la conversation.

– Oubliez la discrétion, et aussi la conversation, dit Claude.

Tournée vers la mer, droite, immobile, elle attendait.

Il s'approcha, s'arrêta derrière elle, l'entoura de ses bras, qu'elle recouvrit aussitôt avec les siens. Après un instant, elle laissa sa tête reposer contre lui.

– Et votre ami Guttaz ?

– Parti. Doit être en Italie. A Positano. Je crois qu'il revient à la fin de la semaine.

– Vous ne l'avez pas accompagné ?

– Non, il voulait, mais...

– Mais ?

– Tu étais ici.

Elle se tourna dans ses bras, leva sa bouche vers la sienne.

– Désolée, dit-elle.

Et l'embrassa.

– De quoi ?

– De vous avoir empêché de partir.

– Hypocrite, dit Romain.

Elle se tut, indignée, mais pas trop. Il sourit, resserra l'étreinte de ses bras, et elle se pressa contre lui avec un frémissement de bien-être.

D'être tenue, la promesse meurt. Une réalité la remplace. Elle meurt ou elle se déplace. Car la réalité nouvelle peut engendrer une promesse nouvelle. C'est la plus banale et la plus ancienne des dialectiques. Le réel et le rêve se relayant tour à tour comme une partie de saute-mouton à deux où chacun alternativement sert de cheval d'arçons à l'autre. Une manière de mouvement perpétuel, non pas en ce qu'elle dure indéfiniment mais en ce qu'elle se nourrit d'elle-même. Un phénomène qui n'est pas sans rappeler la parabole chère à Aristote, de l'œuf et de la poule. Qui a commencé? Le rêve ou la réalité? On peut là-dessus réfléchir agréablement et inutilement un bon moment.

Allongée sur Romain, Claude écoutait son cœur, reprenait son souffle, pensait un peu bizarrement à sa mère, morte depuis quelques années et qui, avec une sorte d'orgueil, lui avait confié avoir fait avec son mari si peu et si mal l'amour que c'est Claude, en naissant, qui avait eu raison de sa virginité. De l'amour, elle disait ne pas comprendre qu'on prît temps et plaisir à cette affaire « d'orifices ». L'histoire n'eut pas l'effet escompté sur la jeune Claude qui en conçut un surcroît d'affection pour son père et une déperdition de tendresse au moins égale vis-à-vis de sa mère. Elle n'avait que quinze ans, mais trouvait presque insultant de lui révéler avec satisfaction combien peu d'enthousiasme avait présidé à sa conception.

– A quoi tu penses ? demanda Romain.

– A ma mère, dit Claude, avec un rire. Ne me demande pas pourquoi.

– Je ne te le demanderai pas, je le sais, dit Romain.

– Ah ?

Il lui baisa un mamelon, lui caressa la nuque.

– A cause de Salomé.

– Mais non, dit Claude, rien à voir.

Il avait raison, bien sûr. Indirectement, et par des voies trop ramifiées pour qu'elle puisse tenter de les suivre à rebours, tout venait certainement de là. Au diable, Salomé.

– Dis-moi, demanda-t-elle, tu n'étais pas là, l'année dernière ?

– Si, dit Romain, mais sur une autre plage. Et puis j'ai passé un bon moment à l'hôpital.

– Ah bon ? Accident ?

– Une guêpe, dit Romain.

Elle se redressa pour mieux le regarder.

– Quoi ?

– J'ai une nature hyper-allergique, dit Romain. Deux piqûres la même année et c'est la tente à oxygène et tout le bataclan.

– C'est moche, dit-elle.

– Non, dit Romain, c'est comme ça. On se baigne ?

Ils se baignèrent nus, ce qui n'est jamais désagréable, puis refirent l'amour pour se réchauffer et, enfin, vers quatre heures du matin, regagnèrent le port.

– Je t'accompagne à ta voiture ? demanda Romain.

Elle le dévisagea.

– Peut-être pas.

Il hocha la tête. Il y eut un temps.

– Je suppose, dit Claude, que ça s'arrête là ?

Il resta immobile, la fixant.

– Tu me le dis ou tu me le demandes ?

Elle décida de répondre : « Je te le dis. »

Elle répondit :

– Je te le demande.

Il sourit.

– On verra.

– Oui, dit Claude.

Elle avait du mal à partir.

– Pas facile, dit-il.

– Non, dit-elle.

Un temps, puis elle se tourna, monta sur le quai, fit un pas, et de nouveau lui fit face.

– Merci, dit-elle.

Guillaume Lamotte ne manifesta aucun étonnement à voir son fils paraître de nouveau au bord de la piscine vers quatre heures du matin. Peut-être avait-il perdu la faculté de s'étonner.

Sans un mot, il tendit le bras vers le petit bar à roulettes à côté de son fauteuil, versa du cognac dans un verre qu'il offrit à Vic.

– Non, merci, dit Vic.

– Prends-le, dit Lamotte.

Curieusement, c'était un ordre.

Vic prit le verre, s'installa dans un fauteuil d'osier.

Dans l'eau sombre de la piscine, les reflets superposés des arbres et de la villa dansaient ensemble un slow ondulant.

– Quoi ? dit Guillaume.

– Rien, dit Vic.

– J'ai cru, dit Guillaume.

Il y eut un temps, assez long.

– Qui a dit « la vieillesse est un naufrage » ? demanda Guillaume.

– Si tu ne le sais pas, qui le saura ?

– Je ne sais plus rien, dit Guillaume.

Il but une gorgée de cognac, et reprit :

– J'ai la tête encombrée de vieux trucs, de vieilleries qui remontent d'on ne sait où. Je ne sais pas ce que j'ai fait hier, encore moins il y a dix ans, mais je me souviens du chignon d'une institutrice que j'avais en maternelle. Je vois mon père avec sa première Bugatti, je vois une théière blanche dans le jardin de ma tante à la Muette. C'est un bric-à-brac insensé, une brocante. J'ai haï ma jeunesse, et ma tante était une vieille bigote que je rêvais d'étrangler dans son sommeil. Alors, qu'est-ce qu'elle vient m'emmerder maintenant ? Elle ne peut pas me laisser finir en paix ?

Il rumina un moment.

– S'appelait Zora. Origine hongroise. Jouait au croquet. Plantait des abricotiers qui crevaient aussi sec. Elle est partie à Londres au moment de la débâcle. Son frère lui a télégraphié de Nancy : « Pars, c'est fichu. » Elle a emmené un petit Lautrec pas mal du tout, et deux aquarelles de Dufy. Ça n'a servi à rien, ils l'ont eue quand même. Un V2 en plein sur la maison. Ils ont eu le Lautrec aussi. T'as pas un cigare ?

– Non, dit Vic, cigarette.

Guillaume alluma laborieusement la Marlboro, aspira la fumée avec une grimace.

– Tout ça pour te dire que, dans trente ans, quand tu seras assis ici à ma place, t'auras tout oublié. Il ne te restera rien de ce qui te préoccupe ce soir.

Vic fronça le sourcil.

– Mais rien ne me pré...

– Ni son visage, ni son corps, ni sa voix, ni son cul. Rien. Je ne sais pas si c'est une consolation, mais je te le dis pour ce que ça vaut.

Il se mit à rire, subitement.

– Quoi ? demanda Vic.

– Je me disais soudain que c'est à moi que tu penseras. Ce qui ne te sera jamais arrivé avant, et ce n'est pas un reproche, je t'assure. Je te plains même, si tu veux tout savoir.

– C'est gentil à toi, dit Vic.

Ils se regardèrent, rirent tous les deux.

Puis le silence passa dans la pénombre au bord de la piscine.

VII

Duel au soleil

D'ordinaire, Chris respectait le sommeil de Claude, le matin. Elle prenait le petit déjeuner dans sa chambre et, si sa mère ne s'était pas encore manifestée, gagnait la plage par ses propres moyens.

Ce matin-là, elle fit irruption dans la chambre vers dix heures, suivie du garçon d'étage qui poussait une table bien garnie.

Elle tira les rideaux, inondant la pièce de soleil, expédia le garçon et s'assit sur le lit où Claude, tirée d'un sommeil profond, la dévisageait, un tant soit peu hagarde mais aucunement irritée.

– J'avais envie de prendre le petit déj avec toi, dit Chris.

– C'est gentil, dit Claude.

– J'ai commandé « américain », dit Chris, œufs, saucisses, crêpes, pâtisseries, céréales, sirop d'érable.

Claude frémit :

– Je ne sais pas si je vais pouvoir.

– Si, si, le petit déjeuner des Français est notoirement insuffisant.

– Il y a du café, au moins ?

– Il y a, dit Chris.

Elle remplit une tasse, la porta à sa mère.

– Ça s'est terminé tard, ce dîner ?

– Il n'y a pas eu de dîner, dit Claude, buvant une première gorgée.

– Ah ?

Chris était repartie à la table, nappait une crêpe de sirop.

– Les invités se sont décommandés. Marianne a téléphoné ici, ils ont dû égarer le message à la réception.

– Pas normal, dit Chris, faudra les engueuler.

– Toujours est-il, poursuivit Claude, que je suis repartie, et en passant sur le port tu ne devineras jamais sur qui je suis tombée...

– Qui ? demanda Chris, la bouche pleine et l'œil candide.

– Romain, dit Claude.

– Kalidès ?

Claude hocha la tête.

– Avec sa bande ?

– Non, dit Claude, seul.

– Il n'est jamais seul, dit Chris.

– Là, il l'était, dit Claude. Il y a des croissants ?

– Œufs, saucisse ou crêpe, dit Chris.

– Crêpe, dit Claude, mais ne mets rien dessus, s'il te plaît.

– Juste un peu de...

– Rien, dit Claude.

– Crêpe nature, dit Chris en la servant. Et alors?

– Eh bien, il m'a invitée à dîner. Il est marrant, ce garçon.

– Oui, dit Chris.

Elle lui porta l'assiette, s'assit sur le lit, regarda Claude manger. Celle-ci, le nez dans son assiette, sentait peser sur elle les yeux verts où brûlait un feu sourd.

– Tu savais, dit Claude, qu'il avait un problème d'allergie?

– Tout le monde le sait, dit Chris. Les guêpes. Il a passé un moment à l'hosto l'année dernière pour ça.

– Tu le connaissais, l'année dernière?

– Depuis plus que ça, dit Chris. Deux ans. Il allait à *la Colombe,* et surtout à l'*Ile rouge.* A l'époque, il faisait le ski nautique à l'*Ile rouge.*

– Ah bon, dit Claude.

– Tout le monde le charrie pour les guêpes, il blêmit dès qu'il y en a une à vingt mètres. Alors, pour les méduses... tu devines! Si quelqu'un en repère une, il ne met plus les pieds dans l'eau pendant deux jours.

– Le pauvre, dit Claude.

– Oui, dit Chris, tu veux ta saucisse?

– Non, merci.

– Tu me la donnes?

– Avec joie.

Chris se leva, revint la saucisse à la main.

– Ça ne se mange pas avec un couteau et une fourchette ?

– Si, dit Chris; tu vas le revoir ?

Claude leva les yeux.

– Revoir qui ?

– Romain.

– Je ne sais pas. Pourquoi ?

– Pour rien, dit Chris.

Elle mordit dans sa saucisse, se leva.

– Je vais m'habiller.

Claude la suivit des yeux, pensive, jusqu'à la porte.

Cédric avait beau chahuter dans les vagues, faire du « sous-l'eau », sauter du ponton et avaler un nombre très excessif de Malabar, le cœur n'y était pas.

C'était son dernier jour. Plus de mer, plus de plage, plus de copains. Le soir même, il regagnait Lyon et dès le lendemain repartirait pour la Drôme où l'attendait une grand-mère sérieusement sourde et horriblement attentionnée. Cédric se demanda quelle tête elle allait faire en voyant la marque encore bien blanche laissée par la méduse sur son bras. A n'en pas douter, ce serait les bras levés, le cri strident, l'œil écarquillé de sénile sollicitude : une horreur...

Il ne pouvait même pas se consoler à l'idée de

revoir sa mère, laquelle travaillait trop, s'abrutissait du matin au soir dans son magasin de confection et la nuit se plongeait dans sa comptabilité.

Le magasin n'avait jamais marché. Il perdait peu, mais il perdait depuis toujours; et les heures et l'argent et les efforts investis se soldaient, année après année, par un déficit chronique et inéluctable qui ne rendait pas la mère de Cédric enjouée, ni rieuse, ni disponible, ni affectueuse, toutes choses qu'il aurait aimé qu'elle fût.

Cédric n'éprouvait aucune joie à la revoir, ne serait-ce qu'une seule soirée. Il savait qu'elle ferait l'inventaire de ses affaires, verrait à la moindre tache sur le moindre tee-shirt une tentative préméditée de sa part pour alourdir encore son fardeau, qu'elle lui reprocherait la longueur de ses cheveux et de ses ongles comme s'il en avait accéléré la pousse à seule fin de lui compliquer la vie, qu'à son père elle ferait la tête, soit qu'il n'eût pas songé à lui ramener un cadeau, soit qu'il y eût pensé mais se soit montré inutilement dispendieux.

Cédric, pour utiliser sa propre expression, avait la « boule ». Elle lui contraignait la gorge, descendait jusqu'à l'estomac où elle maintenait une sourde pression et ne facilitait pas la digestion des trop nombreux Malabar.

Depuis qu'elle l'avait « sauvé » de la noyade, il avait souvent croisé Chris et la saluait toujours avec soin, attentif à ne pas paraître ingrat. Ce devoir de reconnaissance la lui avait à la longue rendue antipathique et, s'il le pouvait, il l'évitait.

Ce jour-là, en revanche, ce dernier jour, il alla au-devant d'elle, car elle évoquait aussi « l'aventure des vacances », et il se préparait à la regretter comme le reste.

– Ça va ? dit Cédric.

– Oui, dit Chris.

Et puis aussitôt :

– Toi pas...

Il confirma d'un hochement de tête morose.

Chris l'étudia un moment en silence.

– Qu'est-ce qu'il y a ?

– On s'en va, dit Cédric.

– Ah, dit Chris. Ton père aussi ?

Elle le regarda, lui passa la main dans les cheveux.

– Allez, ça pourrait être pire...

Et elle s'éloigna, le laissant un peu perplexe.

Il ne pouvait savoir, et d'ailleurs ne saurait jamais, combien il eût été préférable qu'il n'ait pas croisé Chris ce matin-là.

– Mais non ! hurla Romain.

Chris, se dirigeant vers la mer, s'arrêta pour le

voir quitter d'un bond le matelas de Dorothée et se rapprocher d'un jeune couple qui s'essayait sans conviction ni savoir-faire au beach-ball.

– Regardez, dit-il saisissant la jeune femme par la taille pour mieux lui montrer la position du bras.

– Comme ça. Voilà.

Elle avait une peau molle et blanche, la taille épaisse, trop de nez et pas de menton, des yeux grands et flous; ne savait quelle contenance prendre, jetait des regards embarrassés à son compagnon.

– Écoute, continua Romain, rempli d'enthousiasme pédagogique, tu joues au tennis?

– Non, dit la jeune femme.

– Bon, au squash alors?

– Non.

– Bon, alors au ping-pong?

– Non.

– C'est pas grave. Regarde. C'est l'épaule qui fait tout.

Il positionna la jeune femme comme un décorateur de vitrine manipulant un mannequin de cire, puis prenant conscience du mari qui attendait à vingt mètres :

– J'arrive! Je m'occupe de toi après!

Le jeune homme, maigre, lunetté, hocha vaguement la tête.

Immobile, Chris regarda Romain à l'œuvre, volubile, généreux de son temps, attentif à huiler autour de lui tout rouage qui pourrait en avoir besoin.

– Eh bien, voilà! cria-t-il, apparemment ravi. Seulement la prochaine fois essaye de toucher la balle... Dorothée!

Dorothée leva la tête.

– Ouais?

– Va me chercher un Pimm's, tu veux?

Chris vit Dorothée se lever, gagner le bar de son pas trop déhanché.

– Regarde comme t'es contractée! disait Romain (posant la main contre l'abdomen mou de la jeune femme), pas étonnant que tu n'y arrives pas! Relaxe! Bon, allez, cette fois, c'est la bonne!

Et au mari :

– Panique pas, toi, là-bas, j'arrive!

Chris reprit son chemin, la voix de Romain dans les oreilles, et à l'instant d'entrer dans l'eau rencontra le père de Cédric qui en sortait. L'œil sombre de l'adolescente se fixa sur le visage chevalin, le front dégarni, le sourire mièvre de Raymond Lassens.

– Bonjour, dit le Lyonnais, elle est bonne!

– Oui? dit Chris. Le dernier bain?

– C'est vrai, dit Lassens, surpris. On part ce soir. Comment le savez-vous?

– Je le sais.

Elle jeta un regard au loin, à Romain qui s'occupait à présent du conjoint de la jeune femme molle, et ajouta :

– Dommage.

– Ben oui, dit Lassens, regardant Chris de plus près.

Elle lui sourit, avança dans la mer, se préparant à plonger.

– Dites...

Elle se tourna.

– Oui ?

– Je vous offre un verre après votre bain ?

Elle le dévisagea, gravement.

– Un peu tard, non ?

Il fronça le sourcil.

– Je vous demande pardon ?

Le regard vert ne dévia pas une seconde.

– Vous vous réveillez maintenant, le jour où vous partez...

Il déglutit avec difficulté. Ça allait un peu vite pour lui.

– Oui, mais...

– Mais quoi ?

– Je ne sais pas, mieux vaut tard que jamais.

Il eut un sourire pauvre de mendiant.

Elle hocha la tête.

– On verra, dit-elle.

Et se jeta à l'eau, s'éloigna de son crawl élégant, laissant le Lyonnais dans l'état étrange d'un homme à qui on vient d'apprendre qu'il a perdu une fortune dont il ne savait pas, la seconde auparavant, qu'elle lui appartenait.

Chris nagea fort, nagea loin, brassant l'eau avec rage, sans parvenir à dissiper son humeur, qui était noire.

A deux cents mètres du rivage, essoufflée, elle ralentit, se retourna vers la plage, lissa ses cheveux sombres en arrière, fixant le rivage au loin où hommes, femmes, enfants se déplaçaient comme d'insignifiantes fourmis. Elle n'entendait que sa respiration haletante, et le soleil brûlait son œil vert.

Remuant les jambes ce qu'il fallait pour se maintenir, elle resta ainsi près de cinq longues minutes. Puis elle se laissa sombrer, ses cheveux traçant dans l'eau verte volutes et arabesques, donna un vigoureux coup de reins, brisa en biais la surface comme un requin et se dirigea sans hâte vers la plage au loin.

Pas un souffle de vent. Le soleil très vertical pesait sur le sable. On s'y brûlait les pieds. Les têtes tournaient un peu sous l'effet de la chaleur.

Ça chantait dans le cœur de Claude. Un petit chant allègre, une mélodie de vacances, rien qu'elle ne puisse maîtriser, de quoi se sentir vivre, ou plutôt, revivre.

– Bonjour, dit Peter.

– Bonjour, dit Barbara.

Ils arrivaient, s'installaient.

Elle leur sourit, elle les aimait bien. Elle aimait tout le monde ce matin.

– J'ai faim, dit Cédric.

– Attends, dit Lassens. Bientôt.

Depuis une heure, il attendait devant un Bloody Mary qui devait frôler l'ébullition. Il s'était installé au soleil, le regrettait un peu. Son dos pourtant bien bronzé commençait à cuire sérieusement, la peau tirait désagréablement entre ses omoplates.

– Mais j'ai faim, dit Cédric.

– Tout à l'heure, dit Lassens. Va te baigner.

Peut-être ne viendrait-elle pas. Il l'avait vue sortir de l'eau, s'attarder d'abord à la boutique où elle conversa longuement avec la vendeuse, puis remonter d'un pas nonchalant (ne se brûlait-elle pas sur le sable ? Il y avait progressé, lui, à petits pas sautillants, comme un oiseau arthritique) en direction du restaurant où elle disparut un moment. Cependant Lassens attendait et cuisait. Elle reparut enfin, longeant l'allée centrale, et il leva la main pour attirer son attention. Elle tourna la tête, sourit, mais ne dévia pas de sa trajectoire qui la mena près du matelas de sa mère où elle s'accroupit pour discuter en souriant avec un jeune couple.

– J'ai faim, dit Cédric.

– Ça suffit, dit Lassens. On ira déjeuner dans une demi-heure. Va jouer.

– Je veux un Coca, alors, dit Cédric.

Lassens lui donna l'argent.

– Alors, disait Chris, vous avez dansé hier soir ?

– Non, dit Barbara. Restaurant et au lit.

– C'est bien, dit Chris, comme si le programme reflétait un choix judicieux.

Elle sourit à Barbara.

– Tu sais que t'es belle ?

– Mais non, dit Barbara.

Chris consulta Peter.

– Elle est superbe. Non ?

– Si, dit Peter, qui regardait la jeune poitrine de Chris.

– Trop grosse, dit Barbara.

– Sois pas bête, dit Chris, tu fais la coquette ou quoi ?

Elle se pencha pour glisser quelque chose à l'oreille de Peter, ce faisant posa sa main sur la cuisse de Barbara pour assurer son équilibre.

Peter sourit.

– *Was?* demanda Barbara, souriante.

– Rien, dit Chris, se relevant et s'étirant.

Peter se demanda si de sa vie il avait vu un corps plus beau.

Chris alla poser le pied sur le ventre de sa mère.

– Tu dors, la vieille ?

– Oui, dit Claude.

– Pas assez dormi, cette nuit...

– Ça doit être ça...

Elle refusait de se fâcher. Chris sourit, attrapa

une glace dans le sac de plage de sa mère, s'y mira brièvement puis s'en servit pour étudier Lassens qui derrière elle se résignait.

– Tu veux déjeuner ? demanda Claude.

– Tout à l'heure, dit Chris.

Puis elle ajouta :

– J'ai appelé papa.

Claude la regarda.

– Quand ?

– A l'instant.

– Pourquoi ?

– Comme ça.

Claude ne dit rien.

– Ça t'embête ? demanda Chris.

– Non, dit Claude. Tu l'as appelé d'où ?

– Du restaurant. Il va essayer de venir.

– Très bien, dit Claude.

Dans le miroir, Chris vit Lassens se lever.

– Je reviens, dit-elle.

Elle rattrapa le Lyonnais à l'instant où celui-ci rejoignait son fils devant le bar.

– On me laisse tomber ?

Lassens jeta un regard à Cédric.

– Je ne savais pas si...

– Si quoi ?

Lassens sourit, se tourna vers son fils.

– Va t'installer. Choisis une table. J'arrive.

– Mais..., protesta Cédric.

– Je te dis que j'arrive, dit Lassens.

Et quand Cédric, un peu perplexe, se fut éloigné :

– Je n'y comptais plus.

– Ah bon, dit Chris.

– Je vous écoute, dit Aldo.

– Gin Fizz, dit Chris.

– Moi aussi, dit Lassens.

Puis, prudent :

– Je peux vous poser une question ?

– Vas-y, dit Chris.

– Quel âge avez... as-tu ?

Elle le dévisagea.

– Dix-huit ans, pourquoi ?

– Je me suis demandé si tu n'étais pas plus jeune, c'est tout.

– Ah, dit Chris.

Elle sourit.

– Ça a de l'importance ?

– Pas du tout, non.

Elle hocha la tête.

– Et toi ? T'as quel âge ?

– Trente-huit.

– Ah oui ? J'aurais pensé plus.

Il s'était rajeuni de deux ans, elle s'était vieillie d'autant. Restait un écart de vingt ans sur lequel Lassens médita avec quelque inquiétude. Inquiétude que Chris ne soulagea pas réellement en ajoutant, souriante :

– Tu pourrais être mon père, largement.

– On parle d'autre chose ?

– Si tu veux, mais ça me gêne pas. Je fais une fixette sur les vieux.

– Ah bon ?

– Surtout dégarnis, avec un petit air d'avoir été mis au coin.

– J'ai l'air de ça, moi ?

Elle fit gravement oui de la tête, leva son verre.

– Tchinn.

– Tchinn, dit Lassens.

Ils burent, se regardèrent dans les yeux.

– Ton fils t'attend, dit Chris.

Il se tourna vers le restaurant où Cédric, seul et mal à l'aise, se gavait de pain.

– Je vais y aller.

– Attention sur la route, dit Chris.

– Oui, dit Lassens.

– Ta femme sera contente de te voir.

– Oui.

Lassens se leva, posa son verre.

– Qui sait, dit-il, on se reverra peut-être ?

Elle secoua la tête.

– Non ?

– Peut-être, mais ça sert à quoi de se dire ça ? C'est raté, c'est raté. Pas grave. Peut-être que tu préfères les regrets aux remords. Peut-être que je te plais pas vraiment.

– Dis pas ça.

Il allait l'embrasser, jeta un œil rapide pour s'assurer que Cédric ne le regardait pas.

– Non, dit Chris, pas de bêtise.

– Alors ? demanda Claude surgissant derrière lui. On va déjeuner ?

– On y va, dit Chris, tu connais... ?

– Raymond, dit Lassens.

– Bien sûr, dit Claude. Comment va la petite ?

Chris pouffa.

– Cédric va très bien, dit Lassens.

– Pardon, dit Claude.

– Pas de quoi, dit Lassens.

– Allez, dit Chris, entraînant Claude, t'as assez gaffé comme ça.

Et sans plus regarder le Lyonnais, elle s'éloigna avec sa mère.

– On déjeune toutes les deux, comme des grandes ?

– Non, dit Claude, avec Romain.

Ils ne déjeunèrent pas à trois. Chris alla chercher les Hessling, parce que les couples « ça ne doit pas abuser des tête-à-tête ».

– Pourquoi ? demanda Peter.

– Malsain, dit Chris.

– Dangereux, dit Romain.

– Ils se moquent de vous, dit Claude. Ne vous sentez pas obligés.

– Non, non, dit Peter.

– Avec plaisir, dit Barbara.

Il n'est pas évident que Claude ait attribué au seul hasard le plan de table que Chris parvint à imposer sans dire un seul mot, simplement en retenant Peter et en bloquant, apparemment en toute innocence, la seule place qui eût permis à Barbara de s'asseoir près de son mari. Celle-ci se retrouva à côté de Romain et en face de Chris, laquelle désigna des yeux au jeune Allemand la chaise vide près d'elle. Claude se retrouva en bout de table.

Quel que soit le sujet de conversation, Chris fit en sorte que Barbara fût mise en valeur, nouant le dialogue entre elle et Romain, se détachant pour en nouer un autre avec sa mère auquel elle mêla adroitement Peter. De cette façon, finit par se créer une sorte de cloisonnement divisant la tablée en deux bulles distinctes, coupées l'une de l'autre, et auxquelles seule Chris parvenait à s'intégrer alternativement, quand et comme elle voulait.

Il est à peu près certain, en revanche, que Romain ne fut pas dupe, et intéressant de noter que, s'il laissa faire, ce fut davantage pour le plaisir d'admirer la performance que contraint et forcé.

Au milieu du repas, toutefois, il commença avec un doigté en tout point égal à celui de Chris à défaire insidieusement son travail, fit fondre les cloisons invisibles et en érigea de nouvelles, qu'à son tour Chris s'attacha à détruire.

Ainsi commença une sorte de duel, un bras de fer où les adversaires ne se regardaient ni ne se parlaient, et surtout ne manifestaient à aucun moment antagonisme ou agacement. Ce n'étaient que sourires, rires, bienveillance et bonne humeur.

Mais imperceptiblement Romain prenait le dessus, imposait sa loi, renvoyait Barbara à son mari, établissait d'une extrémité de la table à l'autre un lien entre lui et Claude tout aussi invisible mais autrement plus solide que les cloisons de Chris, une connivence indéfinissable, une complicité souterraine.

Et Chris se tut.

Baissa les bras.

Sembla rapetisser et se replier sur elle-même.

Elle pouvait tout combattre, sauf cela même qui l'avait amenée à engager le combat.

Romain avait noué, coupé, emmêlé les fils tissés par Chris et puis s'en était servi pour la ligoter, elle, pour la bannir aux confins d'une bulle unique qu'il maîtrisait tout entière et où elle faisait tapisserie comme la plus rance des disgracieuses. Et ne condescendit même pas à lui octroyer, dans son exil, l'aumône d'un regard, d'un mot, d'un geste.

Et Chris courba l'échine, porta sa croix. Ne tenta ni de fuir ni de réagir, accepta l'humiliation parce qu'elle venait de lui; et s'étonna à peine d'y trouver une amère satisfaction.

Personne, cela va de soi, à part Chris et Romain, n'eut conscience du combat qu'ils se livraient. Ils déjeunaient, et ils riaient, et il faisait bon être là sous les parasols à damiers verts et rouges, les pieds nus enfouis dans le sable chaud.

Vint le dernier round, le dernier revirement, inattendu, imprévisible, dérisoire.

Une guêpe.

Elle se promena d'abord sur la tarte aux framboises de Peter, s'en désintéressa pour explorer les restes de fromage sur l'assiette de Chris, gagna le sucrier et s'y attarda avec des bourdonnements de plaisir.

Romain, qui racontait une anecdote, parvint à en conserver le cap et la mena à son terme, mais sa main sur la table s'était lentement refermée en un poing si serré que les jointures blanchissaient, et sur sa tempe roulèrent deux grosses gouttes de sueur.

Peter et Barbara échangèrent des regards, perplexes devant la tension subite qui pesait sur la table. Claude se demandait quoi faire. Chris restait immobile, tête baissée.

La guêpe quitta le sucrier pour une miette de pain à proximité du bras de Romain.

– Faites comme si je n'étais pas là, dit-il, reculant sa chaise et se préparant à battre en retraite.

Chris avança la main, saisit la guêpe entre deux doigts, l'écrasa, jeta l'insecte sur la nappe; puis, étudiant son doigt avec soin, elle en retira le dard avec ses ongles.

– Chris! s'exclama Claude.

– Ça va, dit Chris, pas la peine d'en faire un plat. Demande-leur de la glace.

Claude se leva, partit en direction des cuisines.

– Ça fait mal, dit Peter.

Chris fixait Romain à présent, et une lueur dans son œil confirmait bien ce que son geste avait d'ambigu. On pouvait à loisir y voir une émouvante illustration de l'aphorisme célèbre qui décrète qu'il n'y a pas d'amour, seulement des preuves d'amour, mais, tout aussi bien, une simple démonstration de supériorité, Chris étant allée volontairement et même dédaigneusement au-devant de ce que Romain craignait plus que tout.

Romain éclata de rire.

Un bon rire, joyeux, puissant, qui emportait tout sur son passage, les bonnes et les mauvaises intentions, le calcul ou le sacrifice. Une réaction forte, une allégresse primaire, un raz de marée qui nivela d'un seul coup ce repas mouvementé et ne laissa debout aucune aspérité.

Des cloisons et des liens et des complicités tissés par les uns et les autres, il ne resta rien.

Chacun se retrouva seul et comme tiré d'un rêve par quelque explosion.

Il ne s'était rien passé. Ou plutôt si : Chris avait été piquée par une guêpe. Il fallait la soigner.

Romain prit la glace des mains de Claude, l'appliqua sur le doigt de Chris.

Claude n'était plus qu'une mère inquiète, Romain un ami plein de bienveillance, Peter et Barbara deux jeunes époux déplorant l'incident et se préparant à regagner leurs matelas.

En d'autres termes : match nul.

Vic but une gorgée de café, posa sa tasse, ferma les yeux.

Ils étaient assis près de la piscine, Marianne au soleil, Vic à l'ombre d'un parasol, tandis que dans le bassin l'aîné des fils apprenait au cadet à plonger en arrière.

Lamotte dormait encore. Il descendait chaque jour un peu plus tard, un peu plus fatigué.

Vic se demandait derrière ses paupières closes comment, le temps d'une nuit, le bonheur de la veille était devenu la malédiction du lendemain. Le phare de la mobylette dans les ténèbres n'avait plus rien d'un aimable souvenir, c'était l'œil péremptoire l'appelant au naufrage.

Je ne suis pas dupe, se disait Vic, et pourtant je vais sombrer. J'aurai la consolation d'avoir été lucide. Belle affaire.

– Vic, dit Marianne, si on rentrait à Paris ?

Il tourna la tête, la regarda. Ce n'était encore qu'un très léger soupçon au fond de ses yeux, infime, indéfini, maintenu à distance par ce principe admirable : le bénéfice du doute.

– Oui, dit Vic, bientôt.

Peut-être Chris allait-elle l'appeler ce soir.

Patrick fit une « bombe », souleva une gerbe d'écume, aspergea loin et fort.

– Patrick! s'exclama Marianne.

– Génial! applaudit Daniel.

– Les enfants s'amusent bien ici, dit Vic. A Paris, ils vont tourner en rond.

Marianne ne dit rien.

Chris se réveilla vers quatre heures. Elle s'étira sur son matelas, sourit à Peter qui lisait *Stern,* attrapa son huile solaire et s'en couvrit avec application.

Peter regarda les petites mains fines courir, glisser sur les cuisses, le ventre, les seins lourds qui oscillèrent au contact puis reprirent leur galbe, luisants et fermes, pointes érigées. Il en arracha ses yeux à regret, reprit sa lecture.

– Bon, dit Claude, revenant rafraîchie de la douche, j'ai un dîner, ce soir.

– Ah! dit Chris. Avec qui?

– Jacques Monestier.

– Qui c'est, celui-là?

– Un type qui travaille avec papa.

Chris la dévisagea un moment en silence.

– Et ça s'est passé quand, tout ça?

– Tout à l'heure, pendant que tu dormais.

Chris hocha la tête, promena les yeux autour d'elle.

– Il est où, ton Monestier?

– Parti. Il avait rendez-vous au *Quatre-vingts.*

– Ah, dit encore Chris.

Il y eut un temps.

– Ça t'embête? demanda Claude.

– Non, non. T'es allée à la douche sans soutien-gorge?

– Oui, dit Claude, pourquoi?

– Pour rien, dit Chris.

Elle s'allongea, resta silencieuse un instant.

– Maman ?

– Oui.

– Tu te souviens ce que tu m'as demandé l'autre soir ? Qu'il fallait que je te dise quand il serait temps de...

– De dételer ?

– Oui.

– Je me souviens. Et alors ?

Chris la regarda avec de grands yeux limpides.

– Je crois que c'est le moment, dit-elle.

Claude se raidit.

– Eh bien, merci, dit-elle.

– De rien, dit Chris.

Et, sans lâcher les yeux de Claude, eut un sourire étrange, vaguement navré, un peu menaçant, comme si à l'instant même se déclenchait quelque mystérieux mécanisme que ni elle ni qui que ce soit ne pourrait plus arrêter.

Habituée à ces chantages subtils que Chris pratiquait sous une forme ou une autre depuis l'âge de quatre ans, Claude réagit comme elle l'avait toujours fait, par l'indifférence.

Une minute passa. Yeux fermés, Chris méditait, écoutait les bruits de la plage, le son grêle du transistor d'Aldo, un éclat de voix lointain hachuré par la brise contraire.

Une vraie minute de vacances, étirée par l'inaction, figée par la torpeur, chaude et molle.

Claude s'endormit.

La plage commença doucement de se vider.

Chris gagna le bar, s'y fit servir un Coca, en but la moitié, puis s'approcha d'un pas nonchalant des matelas de Peter et Barbara.

Elle s'accroupit, posa son verre glacé sur le ventre rebondi de Barbara qui sursauta.

– Ce n'est que moi, dit Chris.

Barbara sourit.

– Je dormais, dit-elle.

– Tout le monde dort, dit Chris avec réprobation.

Elle jeta un regard à Peter.

– Devriez lire des journaux français. Pour apprendre.

– Oui, dit Peter.

Le pied de Chris s'était posé comme par enchantement dans sa main ouverte, et il le tenait avec respect, comme un oiseau.

– Faites quelque chose, ce soir? demanda Chris, soudain.

– Rien de spécial, dit Barbara.

– Bon, je vous invite, dit Chris. D'accord?

Peter et Barbara se consultèrent du regard.

– Avec madame votre mère?

– Non, dit Chris. Madame mère sort ce soir. C'est moi qui vous invite. Vingt heures trente à mon hôtel. Faites-vous une beauté, on ira en boîte, après.

Une lueur froide se glissa dans l'œil vert de Chris.

– On ne s'ennuiera pas, dit-elle, je vous le promets.

VIII

Fruits de la passion en salade

Qu'elle me regarde, pensait Claude, si ça lui plaît, qu'elle me regarde autant qu'elle voudra...

Elle se maquillait.

Et Chris, assise sur son lit, le menton sur les genoux, ne la quittait pas des yeux.

N'eût été le poids du regard, c'était un tableau charmant. Le lutin aux cheveux d'ébène, aux yeux verts, aux jambes bronzées, sur le lit; la femme à la coiffeuse, combattant avec fards et crèmes les injures du temps.

– Voilà, dit Claude, se donnant l'ultime coup de brosse.

– T'es superbe, dit Chris.

– Ah? dit Claude, se tournant. J'avais cru comprendre, sur la plage, que...

– Arrête, dit Chris. Je plaisantais.

Claude la dévisagea.

Chris lui sourit. Un joli sourire, mais qui n'atteignait pas les yeux.

– Il n'y a pas beaucoup de femmes de ton âge

qui tiennent le coup comme toi. C'est vrai. Je suis fière de toi.

Claude se leva, vint s'asseoir sur le lit, prit Chris dans ses bras.

– Écoute, dit-elle.

Elle évitait les yeux verts de l'adolescente.

– Oui ?

– Tu es bizarre, cette année. Tendue.

– Non, dit Chris. Ça va. Vas-y, tu vas être en retard.

Claude se força à la regarder, reçut brutalement le ressentiment, la haine de Chris, vacilla une seconde.

– Ben alors ? dit Chris. Dépêche-toi. Tu ne vas pas faire attendre monsieur Monestier. Ça va très bien, je te jure.

Elle se dressa, guida Claude vers la porte, lui donna son sac, son châle, la poussa dans le couloir.

– Qu'est-ce que tu vas faire, toi ? demanda Claude.

– Ne t'inquiète pas pour moi, dit Chris. Amuse-toi bien.

Et elle ferma la porte.

Claude resta immobile un instant, puis longea le couloir en direction de l'ascenseur.

Peter et Barbara passaient une drôle de soirée.

Il y avait quelque chose de bizarre à être fêtés par une adolescente autoritaire qui commandait foie gras et champagne, bousculait le sommelier, s'impatientait quand le maître d'hôtel lui demandait le numéro de sa chambre, commentait savamment la carte, racontait avec humour des anecdotes variées, et s'assurait à tout moment que ses invités ne manquaient de rien. Elle remplissait les verres avec alacrité, sitôt vidés, et très rapidement Peter et Barbara la trouvèrent plus drôle qu'elle n'était, et la situation moins incongrue qu'elle ne leur avait paru au début.

Ils étaient un peu ivres.

Peter se mit à parler trop, dans un jargon germano-français inintelligible, que Chris sembla trouver proprement irrésistible. Et Barbara, sous l'effet du champagne, se faisait douce et lourde et langoureuse, plongeait ses yeux dans ceux de Chris et s'y noyait avec délice.

A la fin du repas, Chris signa la note avec panache et ils descendirent au *Big Jim* où ils continuèrent au champagne.

Sur la piste se matérialisait tout le narcissisme de Chris qui évoluait, enfermée dans l'adoration d'elle-même, avec une violence animale, épousant la musique de tout son corps.

Elle entraîna Peter et Barbara, danseurs médiocres et inhibés, parvint à leur faire perdre toute réticence, leur offrant le sauf-conduit de sa propre compétence. L'alcool aidant, les deux jeunes Allemands se mirent à tournoyer, à vibrer, à planer, comme affranchis subitement des plus imprescriptibles contraintes.

Chris les portait, les soutenait, les rassurait, les encourageait. Et ils la suivaient dans le martèlement tonitruant de la sono sur la piste sombre éclaboussée de lueurs bariolées, comme les enfants d'Hamelin le joueur de flûte.

Ivres de musique, ivres tout court, ils se retrouvèrent dans la rue à deux heures du matin, gloussant un peu, hésitants.

– Je vous raccompagne à votre hôtel, dit Chris.

Sur le chemin, elle leur prit le bras à tous deux, et ayant provisoirement éloigné le spectre de la séparation, les fit rire avec une interminable histoire drôle qui aurait fait rougir Claude.

A l'hôtel, prétextant l'incapacité de l'un comme de l'autre à trouver leur chambre, elle les y mena, et une fois arrivés, voulut l'examiner.

Elle étudia le mobilier, admira la vue (au demeurant sans grand intérêt) et, pour mieux juger de la qualité du lit, s'y jeta de tout son long, regarda Peter et Barbara à tour de rôle, et dit :

– Qu'est-ce que vous attendez pour me foutre à la porte ?

Il y eut un temps.

– Comme tu veux, dit Barbara, perplexe.

– Non, dit Chris, c'est comme *vous* voulez.

Peter et Barbara restèrent immobiles et silencieux un long moment, puis Barbara vint s'asseoir près de Chris qui avait fermé les yeux.

Elle hésita, tendit la main, lui caressa le visage, se pencha pour l'embrasser sur la joue.

Chris tourna la tête, prit le baiser sur la bouche.
Puis elle regarda Peter.

– Pourquoi tu restes là-bas?

Peter se rapprocha.

Raymond Lassens prit la décision sur l'autoroute un peu après Avignon.

Cédric dormait sur la banquette arrière. La radio diffusait une mélodie nocturne. Et Lassens commença à préparer les mensonges qui lui permettraient de reprendre, si possible le lendemain, au plus tard le surlendemain, la route en sens inverse.

La vie était courte, personne n'en saurait rien et pareil cadeau du destin ne se présenterait pas une deuxième fois.

Il eut bien quelques scrupules à l'idée de profiter d'une fille aussi jeune, aussi manifestement éprise de lui et partant sans défense, mais il parvint à les faire taire. Nul doute qu'il allait la faire souffrir, mais n'était-ce pas la rançon de toute aventure? A cette idée, Lassens éprouva une déplorable satisfaction, une fierté anticipée.

Il augmenta le volume de la radio, se mit à chantonner.

– Quoi? dit Cédric, réveillé en sursaut et croyant que son père lui avait parlé.

– Rien, dit Lassens, dors.

Celle qui allait souffrir se trouvait à ce moment-là écartelée entre Peter et Barbara comme une dépouille fraîche sur laquelle s'acharneraient deux prédateurs.

Impatients, brutaux, ils assouvissaient leur appétit sans finesse ni mesure (« à l'allemande », aurait dit Romain), et cet assaut silencieux, haletant, cette frénésie gloutonne tranchaient sur la passivité de leur victime, la délicate élégance qu'elle mettait à être leur jouet, à suivre et même à devancer leur moindre fantaisie, à s'offrir d'une pièce sans jamais rechercher une quelconque réciprocité.

Fut-elle surprise par la violence de l'assaut? L'avait-elle prévue et s'y était-elle préparée? Difficile à dire. Rien ne transparaissait dans ses yeux si ce n'est la volonté de ne rien vouloir.

Et quand Peter d'abord, Barbara ensuite, pantelants et en sueur, rassasiés, épuisés, s'écroulèrent près d'elle, elle leur sourit, tendit les mains et les posa doucement, l'une sur le sexe affaissé de Peter, l'autre sur la vulve béante de Barbara, leur prodigua à tous deux une caresse si tendre et si savante que ce fut comme si, après un morceau de hard rock, s'élevait dans le silence une sonate de Mozart.

Enfin, elle se dressa, rechercha ses vêtements

éparpillés par-ci par-là, s'en couvrit et gagna la porte.

Se retourna.

Envolées de ses yeux, la tendresse, la disponibilité, la passivité. Y brillaient un feu froid et quelque humour.

– Bonne nuit, dit-elle.

Et s'en alla.

Peter et Barbara eurent soin de ne pas se regarder, s'endormirent chacun d'un côté du lit, dos à dos.

Claude n'était pas rentrée.

Chris étudia le lit vide où la femme de chambre avait rabattu le couvre-lit, disposé la chemise de nuit.

Elle baissa la tête, ferma un instant les yeux. Quand elle les rouvrit, ce fut pour les poser sur le téléphone. Elle se mordit légèrement la lèvre, s'avança, tendit la main pour allumer la radio encastrée dans la table de chevet.

Éclata une musique syncopée.

Chris se mit à danser, se regardant dans un miroir et se déhanchant vigoureusement, jetant sa chevelure de droite à gauche.

Et c'est tout en dansant qu'elle décrocha le téléphone.

Quatre heures du matin au bord de la piscine.

Vic et son père écoutaient les cigales dans la pénombre.

– Ta mère, dit Lamotte au bout d'un long silence, n'était pas intelligente.

Vic tourna la tête, surpris. Jamais Guillaume ne parlait de sa défunte épouse.

– Non, poursuivit Lamotte, pas intelligente. Riche, calculatrice, relativement lettrée, dominatrice, parfois vulgaire, mais pas intelligente.

Il regarda Vic.

– Elle me manque, dit-il.

Et le silence revint, qu'il rompit de nouveau après un temps de méditation.

– Elle était drôle, en revanche; pas exprès, tu vois, mais elle me faisait rire. Tant d'énergie au service d'une telle pauvreté d'esprit... Mais du cœur. Comme toutes les femmes fortes. Beaucoup de cœur. Trente-quatre ans, tu te rends compte? Morte à trente-quatre ans...

– Je sais, dit Vic.

Il comprit que Lamotte pleurait, ne dit plus rien.

Le téléphone sonna. Vic sursauta.

– Décroche, dit Lamotte d'une voix calme, c'est pour toi.

Vic se leva, souleva le combiné. La musique vibrait sourdement dans le récepteur.

– Allô? dit Vic.

La musique continua une seconde, puis se coupa brutalement, laissant un silence épais, un peu inquiétant.

– Oui? dit Vic.

– Hypocrite, dit la voix de Chris.

– Comment?

– Tu savais que c'était moi.

– Oui.

– T'es seul?

– Non.

– A cette heure-ci? C'est ta femme, ou t'es en train de me tromper?

– Mon père.

– Embrasse-le pour moi, dit Chris. Dis-lui que je l'aime bien. Tu lui diras?

– Non.

– Salaud. Salaud d'homme marié. J'arrive.

– Mais...

– Il n'y a pas de mais. Je t'attends à la grille, comme dans les bouquins. Romantique. J'aurai une cape et rien en dessous. Ça te va?

– Quand ? dit Vic.

– Vingt minutes, dit Chris.

Et elle raccrocha en riant.

Son rire, dépourvu de gaîté, et même un peu sinistre, resta comme suspendu dans la tête de Vic qui posait le combiné très doucement.

Quand il se retourna, Guillaume Lamotte avait disparu. Le fauteuil en osier était vide, tout comme le verre sur le guéridon.

Le cabin-cruiser était mouillé à quelques encablures d'une crique où la mer bruissait autour des rochers, soupirait sur le sable non loin de Claude et Romain.

Allongée dans les bras de Romain, elle parlait de Chris.

– Elle n'est pas vraiment solide, disait-elle, mais ça ne sert à rien de s'imaginer qu'elle est fragile pour autant. D'abord, ce serait faux, et ensuite ça rendrait les choses encore plus difficiles.

Romain ne disait rien. Il lui caressait distraitement, du dos de la main, le ventre, la toison, l'intérieur des cuisses. Elle les écarta davantage avec un soupir d'aise, reprit :

– L'année dernière, par exemple... Elle avait fait une bonne année. Elle a pu retourner à Victor-Duruy. On était contents. Tout allait bien. Et puis Howard est mort.

– Howard ?

– Le chien. Il était vieux, il était sourd, il pétait abominablement, et un jour on l'a trouvé mort au milieu du salon. Chris l'a trouvé. Elle a hurlé. J'ai cru qu'elle s'était blessée, brûlée, Dieu sait quoi. Elle était allongée contre le corps du chien, elle tenait sa grosse tête serrée dans ses bras et elle hurlait comme un loup. C'était horrible. Elle a refusé de le lâcher, on a dû appeler le médecin, lui faire une piqûre. Elle a fini par se calmer, mais presque trop. Elle a passé des semaines pratiquement sans nous adresser la parole, à manger des chips dans sa chambre et à écouter David Bowie. On n'en pouvait plus. Pierre disait qu'il allait faire ajouter le nom de Bowie à la liste des grands tortionnaires de l'humanité. Chris maigrissait – ce qui est plutôt étonnant quand on connaît le décompte en calories d'un paquet de chips –, elle avait l'air à la fois très jeune et presque vieille. C'était affreux. Et le plus étrange, c'est qu'on ne s'était jamais rendu compte qu'elle tenait tant à Howard. Elle refusait de le sortir, elle lui préparait sa pâtée deux fois par an. Enfin, bref, comme tous les enfants. Et puis, peu à peu, ça s'est arrangé. Apparemment en tout cas. Elle s'est remise à manger, à travailler et même à nous parler.

Elle se dressa sur un coude, embrassa Romain sur les lèvres rapidement, puis l'enfourcha, le guida en elle d'une main douce, ferma les yeux, sourit.

– Comment fais-tu ?

– Pour ?

– Recommencer aussi souvent.

– C'est mon métier, dit Romain, continue.

– T'es une ordure, dit Claude, se crispant de plaisir au fur et à mesure qu'elle s'empalait. Eh bien, on a cru que la crise était passée, et puis trois mois plus tard, Chris est revenue en retard du lycée, blême, pour m'annoncer dans la cuisine qu'elle était enceinte. Mais cette fois, elle m'a dit de qui : un garçon de sa classe. On a tout caché à Pierre, comme d'habitude, et j'ai rencontré le garçon et ses parents. Un charmant jeune homme qui avait l'air complètement perdu. J'ai appris depuis qu'il était amoureux depuis toujours de je ne sais quelle cousine et que personne n'a jamais réussi à comprendre comment et pourquoi il s'était retrouvé au lit avec Chris. Lui, en tout cas, ne semblait pas le savoir. Il a fait une grave dépression nerveuse, et ses parents l'ont retiré du lycée pour le mettre à « Stan ». Pendant ce temps, on a fait le nécessaire pour Chris et tout est rentré dans l'ordre. Eh bien, tu vois, à mon avis, il y a un rapport direct entre la grossesse de Chris et la mort de Howard. Qu'est-ce que tu en penses ?

Ses reins ondulaient, son ventre dansait un slow langoureux sur la verge de Romain, qui ne répondit pas aussitôt, la fixa un moment en silence, et se mit à rire.

– Quoi ? Pourquoi tu ris ?

– Rien, dit Romain. Tu ne comprends rien à rien, c'est tout.

– Mais enfin, dit Claude, je connais quand même mieux ma fille que toi.

– Non, dit Romain très simplement.

Il la prit à la taille, la renversa sur le sable, et lui cajolant la tête dans ses mains, lui fit l'amour avec une lenteur qui confinait à la torture.

Claude gémit, lui griffa le dos, s'arc-bouta, tenta par tous les moyens de le brusquer.

Il l'embrassa, força sa bouche, lui saisit la langue entre ses dents. La douleur l'arrêta net. Il la libéra, sourit, et reprit son mouvement presque imperceptible, qui figeait le temps, suspendait l'élan du plaisir comme un pont au-dessus d'un gouffre où il menaçait toujours de plonger et ne plongeait jamais.

Un chemin pentu et rocailleux conduisait de la villa au portail. Il serpentait dans la broussaille sèche et les résineux épars dont le parfum doucereux embaumait lourdement l'obscurité à peine entamée par la lune.

Vic prit son temps, s'arrêta souvent, irrésolu dans la nuit, puis se remit à descendre.

Chris attendait près de la grille en fer forgé, à l'exacte jonction du chemin de pierre et de la rampe goudronnée du garage.

Elle ne portait pas de cape, mais c'était tout comme. Profil de patricienne, nez fin, front haut, épaules droites, pose anoblie par l'immobilité, elle dégageait une gravité à laquelle son appel téléphonique n'avait guère préparé Vic.

Elle attendit qu'il soit près d'elle et parla sans quitter des yeux la baie en contrebas où scintillaient les lumières de la côte.

– Parle-moi de moi, dit-elle.

Il comprit obscurément qu'elle demandait de l'aide.

– Comment ça ?

Elle réfléchit un instant.

– Tu m'aimes ?

– Oui.

– Alors, dis-moi ce que tu aimes.

Il prit une cigarette, et elle se tourna à l'instant où le briquet s'allumait. La flamme dansa une seconde dans ses yeux fixes et sombres.

– Qu'est-ce qu'il y a ? demanda-t-il doucement.

Elle haussa les épaules, le regarda.

– Tu ne veux pas répondre ?

– Non, dit-il.

– Pourquoi ?

– Tu n'aimerais pas la réponse.

– Ah, dit Chris.

Elle lui prit la cigarette des doigts, aspira une bouffée.

Il y eut un silence. Puis Vic lui prit les épaules, tourna Chris vers lui.

– Ça ne va pas ?

– Non, dit Chris, ça ne va pas.

Elle appuya son visage une seconde contre sa poitrine, releva la tête.

– Si on se mariait ?

Il ne dit rien.

– Tu me ferais des enfants. Ils seraient plus beaux, plus intelligents que les tiens. On aurait un jardin. Des chiens aussi. Qu'est-ce que t'en dis ?

Il sourit.

– Chris...

– Ça va, coupa Chris brutalement. Je m'en vais.

– Pourquoi ?

– Je te laisse. Je te laisse à ta femme, à tes enfants, à ton père, à ta villa, à ton confort de merde, à ta vie de merde.

Cela d'un ton égal, neutre, froid.

Vic recula d'un pas.

– Je ne comprends pas.

Elle sourit dans l'obscurité.

– C'est aussi bien, dit-elle.

Elle se tourna pour partir, s'éloigna, se ravisa et lui fit face, silhouette dure, inflexible, contre les lumières de la baie.

– Et puis non, autant que tu comprennes. Si j'avais voulu, Vic, tu les aurais quittés. Ta femme, tes enfants, tout. J'aurais soufflé le chaud et le froid, les larmes et le cul, et je t'aurais fait craquer comme une noix. C'est pas difficile. T'es un faible et tu ne sais pas ce que tu désires. Il suffit qu'on te donne l'impression qu'on te veut et t'as l'impression que c'est toi qui veux. Tu fonctionnes par reflet, comme un miroir. Tu rêves dans les yeux des autres et tu te dis que c'est ça l'amour. J'ai seize ans, mais je suis plus vieille que toi. Parce que personne, jamais, ne m'a dicté mes rêves. Je les fabrique toute seule, comme une grande. Je vais te dire, Vic, ta femme ne se fait aucune illusion sur toi. Elle est mieux que toi. Et elle n'aura aucun mal à s'en sortir sans toi.

Mais toi, si je t'avais fait rompre avec elle, t'étais cuit. T'étais plus rien. Je t'ai rallumé l'autre jour, comme ça, pour rien, pour voir si tu avais appris quelque chose. Tu n'as rien appris. Tu as pris des rides, tu as rentré du fric, tu t'es pelotonné au fond de ta petite bulle douillette, et il a suffi que je fasse ça (elle claquait des doigts extrêmement bien) pour que tu replonges. Mon père a raison quand il dit que tu n'existes que dans la mesure où les autres sont disposés à te laisser exister. Professionnellement ou sentimentalement, c'est pareil. A part ça, tu as les mains douces et tu caresses bien. Salut.

Elle s'éloigna dans la pénombre.

Vic resta immobile, puis lança :

– Une seconde, Chris.

Elle se retourna, comme surprise de découvrir qu'il avait encore l'usage de la parole. Il fit quelques pas pour la rejoindre.

– Juste une chose...

Il était calme, posa la question avec une douce ironie :

– Comment se fait-il que tu aies décidé finalement de m'épargner ?

Elle le dévisagea.

– J'ai autre chose à faire. Je n'ai plus le temps de m'occuper de toi.

Il la regarda grimper sur le vélomoteur, et cette dernière assertion, plus que tout ce qui l'avait précédée, consomma son humiliation.

Le moteur de la petite Honda lancé, Chris accéléra, s'arrêta devant Vic, métamorphosée, de nouveau souriante, charmante.

– Tu me détestes ?

– Non, dit Vic.

Elle secoua la tête.

– Alors, je ne t'aurai servi à rien.

La mobylette vira sur la route, dévala la pente et disparut au premier virage.

Vic resta sur place, écoutant le petit engin qui s'éloignait. Quand il fut certain de ne plus l'entendre et que le silence se fut rétabli, il remonta vers la villa.

Claude s'arrêta, surprise, en découvrant Chris assise dans le hall désert de l'hôtel, un papier à la main.

Mère et fille se regardèrent.

Il était près de six heures du matin.

– Tu m'attendais ? demanda Claude.

Chris hocha la tête, lui tendit le papier.

– Oui, dit-elle. Papa arrive à dix heures. On a intérêt à dormir un peu.

– C'est vrai ? dit Claude, étudiant le message rédigé par le concierge. T'es contente, alors ?

– Très. Et toi ?

– Quelle question ! Tu t'es bien amusée ?

Elles se dirigeaient vers l'ascenseur.

– Pas mal, dit Chris. Et monsieur Monestier ?

– Gentil, mais un peu ennuyeux.

– Ah, dit Chris.

Les portes de la cabine s'ouvrirent. Elles sortirent en silence.

IX

Salomé

Les vacances se vivent par étapes; à la première période d'installation et d'accoutumance succède une phase « plateau » (pour emprunter un terme aux spéléologues de l'orgasme féminin), puis, généralement aux deux tiers du mois, est ressentie l'approche de la fin, où l'ennui le dispute à une vague mélancolie; plaisirs et habitudes de la veille semblent un peu ternis, comme les couleurs d'un vêtement trop longtemps exposé au soleil.

– On rentre, dit Vic.

Autour de la table du petit déjeuner les têtes se relevèrent, les mâchoires s'immobilisèrent.

– A Paris? demanda, consterné, le cadet.

Vic hocha la tête.

– Quand? demanda l'aîné qui aimait disposer de tous les éléments avant de prendre position.

– Aujourd'hui.

Les deux garçons, synchrones enfin, protestèrent avec véhémence et indignation.

Marianne, attentive au visage de Vic, ne dit rien. Vic acheva de sucrer son café, indifférent au désespoir environnant, puis consulta Marianne du regard.

– Non?

– Comme tu veux, dit Marianne.

– Mais hier tu m'as demandé...

– Je sais. Et tu m'as répondu : les garçons vont s'ennuyer.

– Exact, dit Vic. Mais ici, c'est moi qui m'ennuie. Alors je préfère que ce soit eux et pas moi.

– Salaud! hurla un enfant.

– Dégueulasse! hurla l'autre.

– Qu'est-ce qui se passe? demanda Lamotte, hirsute sur le seuil de la porte-fenêtre, manifestement tiré du sommeil par les cris.

– Il se passe, dit Vic, qu'on va rentrer à Paris.

A dix heures trois, Pierre Rivault atterrissait à Nice; à la demie, il prenait livraison au parking Hertz de la voiture qu'il avait fait réserver par téléphone, et à onze heures trente il retrouvait femme et fille à l'hôtel.

Comme d'habitude, il omit de remarquer (*a fortiori* d'admirer) leur bronzage, et tout en demandant trois numéros à la standardiste, commenta un événement de la vie politique dont Claude n'avait même pas connaissance. Il s'en étonna vaguement, passa dans la salle de bains d'où, à travers la porte et le bruit de la douche, il demanda des éclaircissements sur le coup de téléphone de Chris.

– Rien, dit celle-ci, tu nous manquais, c'est tout. C'est permis, non ?

Elle évitait soigneusement de regarder Claude qui déballait la valise de son mari.

– Mais c'est tout ? s'enquit Rivault, apparaissant en peignoir éponge sur le seuil.

– Oui, dit Chris.

Il classa mentalement la réponse dans le dossier « inexpliqué mais sans importance » et sauta sur le téléphone qui sonnait.

A midi, en pantalon de toile, chemise Lacoste et espadrilles, attaché-case à la main, il arrivait à la plage avec Claude et Chris, qui lui présentèrent Aldo, avec lequel il entama aussitôt une négociation serrée et finalement fructueuse : Aldo l'installa à une table ombragée, sur laquelle il posa le téléphone de la plage. Rivault lui versa une provision confortable et exhiba le carnet sur lequel il se proposait de noter le nombre, la durée et la distance de ses communications. Aldo fut également prié de lui apporter un café noir toutes les heures jusqu'à annulation de la commande.

– Mais tu vas te baigner, quand même ? dit Claude.

– Quand ? demanda Rivault, comme si elle lui

demandait de caser un cocktail sur son agenda surchargé.

– Quand tu voudras.

– Ah oui, fit Rivault, rassuré, se plongeant dans une imposante pile de dossiers.

– Bonjour, dit Chris.

Elle posa un genou sur le sable pour embrasser la joue de Peter dont le sourire trahissait un certain soulagement.

– Bien dormi ? demanda-t-il.

– Très bien, dit Chris.

Gagnant l'autre matelas, elle se pencha sur Barbara qu'elle masqua de son dos pour que Peter ne puisse la voir déposer son baiser sur les lèvres de son épouse, laquelle, mal à l'aise, y trouva très exactement ce que Chris souhaitait : le pardon.

– Mon père est là, dit Chris, volant une Camel à Barbara et faisant semblant de ne rien percevoir du trouble que cette information causait au jeune couple.

– Ah oui ? dit Peter.

– Là-bas, dit Chris, pendu au téléphone. Vous le voyez ?

Elle sourit à Peter, le même sourire que le jeune Allemand avait craint de ne plus revoir.

– Il va passer toute la journée au téléphone, vous verrez. Il ne sait pas ce que c'est, les vacances.

Peter ne cessait pas de la regarder.

– Beaucoup de travail?

Elle haussa les épaules.

– Parce qu'il veut bien, il déteste la plage.

Peter tourna la tête, découvrit avec un petit serrement de cœur que Barbara avait remarqué quelque chose. Elle le dévisageait, vaguement perplexe, puis regardait Chris, laquelle, et ce fut le deuxième étonnement de Peter, semblait mal à l'aise, non pas comme si elle se trouvait elle-même en faute, plutôt comme si elle cherchait maladroitement à dissimuler à Barbara une indélicatesse commise par Peter.

Barbara fronça légèrement le sourcil, devint un peu pensive.

Alors Chris se mit à babiller, à raconter n'importe quoi sur le ton de qui cherche à noyer le poisson, et Peter lui fit écho avec un zèle et une précipitation exagérés.

Barbara les regarda à tour de rôle en silence.

La chose se reproduisit plusieurs fois, à quelques variantes près, mais Peter ne soupçonna jamais Chris, n'eut conscience à aucun moment de ce à quoi elle s'employait.

Lorsque, la veille et l'avant-veille, Chris avait commencé avec Peter ses longs regards, celui-ci s'était d'abord montré prudent, détachant rapidement ses yeux de ceux de Chris pour s'assurer de n'être pas observé par sa femme. Il s'était alors aperçu que Chris avait toujours choisi son moment, que l'attention de Barbara était immanquablement ailleurs et, revenant à Chris, découvrait chaque fois dans ses yeux verts une lueur narquoise, lui reprochant silencieusement à la fois sa pusillanimité et son refus de lui faire confiance. Cette confiance, il avait fini par la lui accorder, et s'en était trouvé bien puisque, jusqu'à ce jour, il n'avait jamais été surpris.

Il ne lui vint pas à l'idée que la technique sans failles de Chris pouvait être retournée et servir le dessein contraire; que ce qui l'avait auparavant protégé pouvait dorénavant aussi bien le perdre.

Particulièrement intéressante, dans cette entreprise de Chris, était la manière dont celle-ci se préservait aux yeux de Barbara. En effet, elle ne s'employait pas à lui faire découvrir une complicité, voire une aventure entre elle et Peter, mais par le truchement du malaise qu'elle savait jouer avec tant de réalisme parvenait à convaincre la jeune femme qu'elle-même subissait des avances de Peter, avances qu'elle ne sollicitait pas et qui la plongeaient dans le plus vif embarras.

Et Peter, incapable de résister aux yeux verts, y retournait sans arrêt, convaincu qu'il pourrait encore s'y promener impunément, pour se cogner aussitôt aux yeux interrogateurs, fixes, froids, de sa femme.

Lorsque Claude appela sa fille depuis le bar, pour qu'elle la rejoigne au restaurant, Chris laissa le couple suffisamment ébranlé pour qu'en son absence, et sans qu'elle ait à y œuvrer davantage, le mal aille grandissant comme un acide qui, une fois lancé, pénètre toujours plus profondément et ne saurait être arrêté.

Claude fut un peu surprise, et même déçue de se trouver si à l'aise en famille. Elle avait par anticipation imaginé que Rivault lui semblerait un peu étranger, un peu lointain, que l'ascendant qu'il exerçait depuis toujours sur elle se serait émoussé, que ce citadin parachuté avec ses dossiers depuis la capitale ne pourrait, aussitôt arrivé, défaire d'un seul coup les effets de ses égarements, et elle s'en était réjouie à l'avance.

Il y aurait trouble, malaise et même, qui sait, une gaffe ou deux. De quoi prolonger avec Rivault le délicieux désordre qui s'était installé en son absence, l'y amalgamer à son insu et l'obliger à en être un protagoniste involontaire et innocent.

Il n'en fut rien.

Pierre Rivault demeurait Pierre Rivault, une force paisiblement irrésistible auprès de laquelle Claude se sentait la plus immédiate et la moins usée des connivences.

Elle y résista un court moment, se désola de l'absence de Romain sur la plage (il l'aurait aidée), trouvant un peu exagérés les sourires affectueux que

Chris adressait à son père, puis succomba sans trop de regrets.

Cinq minutes plus tard, on vint la prévenir qu'elle était demandée au téléphone. Elle se leva, pensant « trop tard ». Car le trouble était bien là (ce ne pouvait être que Romain), mais retourné comme un vêtement, puisqu'elle n'aspirait plus au désordre et qu'à présent il l'encombrait.

C'était Guillaume Lamotte.

– Partis? s'étonna Claude.

– Ce matin. M'ont demandé de vous dire au revoir. Voulaient même pas attendre ce soir.

– Ah bon, dit Claude. C'est curieux.

– Oui, dit Lamotte. Alors, la maison me semble un peu vide tout à coup. Me suis demandé si vous ne voudriez pas venir dîner, ce soir...

– Je ne sais pas, dit Claude. Pierre vient d'arriver. Je vais lui demander.

Elle posa le combiné, regagna la terrasse du restaurant.

– C'est Guillaume. Il nous invite à dîner, ce soir.

– Non, dit Rivault, impassible, manipulant son crustacé avec compétence.

– Vic et Marianne viennent de partir, je crois qu'il se sent un peu seul.

L'information ne suscita aucune réaction chez Chris qui fixait la mer avec attention.

– Non, confirma Rivault.

Il regarda sa femme.

– On dîne tous les deux.

C'était inattendu, rare et, partant, plus que précieux.

Elle hocha la tête, repartit s'excuser auprès de Lamotte. Rivault jeta un regard à Chris :

– Tu trouveras bien à t'occuper, ce soir ?

– Oh oui, dit Chris. Pas de problème.

Ils en étaient au café lorsque le Skanes 750 de Romain fit une arrivée bruyante, contournant la pointe de la baie à la vitesse maximale de ses 300 CV et venant mourir dans un bouillonnement d'écume à quelques mètres de la limite autorisée. Sur le pont, plusieurs personnes se tenaient à côté de Romain.

Jean-Paul sauta dans la navette pour aller les chercher, et le groupe, composé de deux individus glabres qui s'étaient apparemment vêtus à Hawaï vers la fin des années cinquante et d'une femme extrêmement maigre aux veines saillantes, tous trois frisant la cinquantaine, s'installa non loin de Chris, à une table réservée vers laquelle les bouteilles de champagne se mirent à converger à un rythme soutenu. Romain parlait beaucoup, s'agitait, cajolait ce trio sinistre avec un enthousiasme d'autant plus méritoire que tous trois semblaient avoir subi des coups du sort si considérables que rien ni personne ne sauraient les dérider.

– Il rame, murmura Chris.

– Oui, dit Claude.

– Quoi ? demanda Rivault.

Chris et Claude lui firent un rapide portrait de Romain. Rivault se tourna pour étudier la tablée.

– Les frères Nucci, dit-il, et Mona Von Stutz, la veuve d'Enzo. Beaucoup d'argent. Cuivre, nickel et, d'après ce qu'on dit, ils seraient sur le point de s'approprier la majorité du Groupe.

Claude hocha la tête, croisa un quart de seconde le regard de Romain, et rapidement se détourna.

Peter et Barbara avaient disparu, ainsi que leurs affaires. Les deux matelas nus gisaient de travers, évoquant quelque naufrage. Chris les examina avec intérêt, puis se couvrit d'huile (indice de protection zéro) et se livra aux rayons meurtriers du soleil de quinze heures, avec son habituelle gourmandise.

Barbara réapparut une heure plus tard, les yeux rouges, seule. Elle alla se jeter sur son matelas, le visage caché par ses avant-bras, ne bougea plus. Chris apparemment dormait. Au bar, Claude et Pierre discutaient avec Ostreich qui s'était précipité avec ses « trois grâces » pour offrir un digestif à Rivault, lequel accepta, puis assura la qualité de la conversation en ne permettant jamais à Ostreich de prononcer plus de deux syllabes à la suite. Le spectacle amusait beaucoup Claude.

Rarement il avait fait si chaud. Même les plus aguerris fuyaient le soleil, recherchaient l'ombre ou se jetaient à l'eau.

Chris vint silencieusement s'allonger à côté de Barbara, lui toucha doucement l'épaule. La blonde releva la tête, les yeux ruisselants de larmes, raconta d'un seul jet, moitié en allemand moitié en français, avec des hoquets et des sanglots, la dispute au parking, le retour à l'hôtel, la réconciliation ratée, le désarroi de Peter, sa lente prise de conscience et comment, à son tour, il était devenu accusateur, comment Barbara avait nié, avec d'hypocrites soubresauts indignés, avant d'avouer à son tour, l'ébahissement de Peter, le dégoût de Peter, le dédain de Peter, le départ de Peter. Refermé sur lui-même, froid, haineux, sans permettre qu'elle le touche ou tente en aucune manière de s'expliquer, il avait fait sa valise, grimpé dans la VW, jeté à Barbara suffisamment d'argent pour payer l'hôtel et démarré en trombe, laissant son épouse courir à droite et à gauche ramassant les traveler's checks éparpillés dans la poussière.

Chris se montra stupéfaite, compatissante et catastrophée d'avoir pu, même en toute innocence, provoquer un tel désastre. Barbara s'empressa de l'assurer qu'elle n'avait pas à se sentir coupable, puis, de nouveau en larmes, lui demanda si elle devait, à son avis, téléphoner, écrire, en un mot agir pour sauver son mariage.

Chris fut d'avis qu'il était préférable de ne rien

faire, quoi qu'il lui en coutât. D'autant plus (et elle ne se serait jamais permis de lui faire cette confidence auparavant, mais à présent n'était-ce pas préférable ?) que Peter ne l'aimait plus.

Barbara tressaillit, regarda Chris froidement, souhaita savoir d'où elle tenait une telle certitude. De Peter, dit Chris calmement. Et elle lui révéla, avec la réticence qui sied lorsqu'on inflige une triste nouvelle à une personne proche, que Peter, la poursuivant de ses assiduités, l'avait à plusieurs reprises assurée qu'il n'avait pour son épouse qu'une fade tendresse, et n'eût été les scrupules qu'il avait à mettre un terme à un aussi long compagnonnage, s'en serait séparé depuis déjà longtemps.

Quand avait eu lieu cette conversation ? Hier. Pendant qu'elle se baignait. D'abord au bar, puis à la boutique où il l'avait suivie malgré elle. Mais pourquoi parler de ça ? Il y avait tellement plus simple : leur nuit à tous trois. Barbara n'avait-elle pas apprécié avec quelle frénésie il s'était jeté sur elle, Chris, et combien peu il s'était consacré à sa propre femme ?

Barbara sombra dans une nouvelle crise de larmes, sensiblement différente de la première en ce que la colère et même la hargne n'en étaient pas absentes.

Chris la laissa pour aller chercher le scotch dont Barbara avait grand besoin. Au bar, elle salua les Ostreich, puis, au retour, passa par le restaurant où elle croisa Romain et ses hôtes.

– Ça va, Salomé ?

– Très bien, dit Chris. Si je vais faire un tour avec une copine sur ton bateau, ça t'embête ?

– Vas-y, dit Romain. Je ne repars pas tout de suite. C'est qui, ta copine ?

Chris le dévisagea.

– Ça va, dit Romain. J'ai rien dit.

Il lui ébouriffa les cheveux en riant, s'éloigna.

Affaiblie par le chagrin, ou ayant présumé de ses forces, à moins que le double scotch y fût pour quelque chose, Barbara eut quelque peine à nager jusqu'au cabin-cruiser. Mais Chris la soutint, l'entraîna et l'aida à se hisser sur la plage arrière appelée « bain de soleil », où les deux filles ruisselantes haletèrent un long moment, étendues sur le dos.

Puis Chris se dressa, secoua ses cheveux.

– Viens. On va visiter.

Elles descendirent dans la cabine où Barbara resta debout, hébétée, éperdue.

– Écoute, dit Chris, faut pas te laisser aller.

– Il m'a menti, dit Barbara.

Chris s'approcha d'elle, la prit dans ses bras, la serra contre elle avec tendresse.

– Pourquoi ? dit Barbara. Pourquoi, il a fait ça ?

Chris lui baisa doucement les lèvres, l'épaule, la pointe d'un sein.

– Je n'arrive pas à comprendre, dit Barbara.

Elle laissa Chris détacher le slip de son maillot, ouvrit les jambes pour qu'il glisse plus commodément.

– Je voudrais seulement savoir...

Elle n'acheva pas sa phrase, ferma les yeux à l'instant où la chevelure humide de Chris lui balayait le ventre, tandis que la bouche de l'adolescente effleurait la toison blonde, s'y enfonçait, et prenait possession d'elle.

Elle eut un étrange frémissement, se mordit la lèvre, enfonça les mains dans les cheveux de Chris et se remit à pleurer en silence.

Quand on a enterré quelque chose et laissé passer quelque temps, on éprouve le besoin d'aller vérifier que c'est encore là. C'est vrai pour les chiens qui ont enseveli un os, pour les enfants qui ont caché un trésor, pour les femmes qui dissimulent une aventure.

Dans ce dernier cas, il s'agit de s'assurer que la liaison, de n'être alimentée en aucune façon, ne dépérit pas, qu'à la demande elle ressuscitera comme au premier jour, bref, que le stockage ne lui est pas nuisible.

Claude choisit le moment où Rivault s'exaspérait à essayer d'obtenir un numéro à Denver, Colorado, les Ostreich étant retournés à leurs matelas, et Chris partie au large avec la « petite Allemande ».

Romain, assis au bar, attendait les cafés qu'Aldo devait lui ramener du restaurant.

– Alors ? dit-elle, arrivant dans son dos.

Elle apprécia qu'il ne manifestât aucune surprise, preuve qu'il avait prévu (espéré ?) sa démarche.

– Chère madame Rivault, dit-il, je t'embrasse ?

– Non, dit Claude.

– Juste l'oreille, dit Romain.

– Non.

– Le nez ?

– Non.

– Pardon, dit Romain, je croyais que tu voulais te faire peur, un peu.

– Pas trop, dit Claude. Juste ce qu'il faut. Tu veux le rencontrer ?

– Pas utile, dit Romain.

– Trois cafés, dit Aldo, claquant son plateau sur le comptoir.

– Pas trop tôt, dit Romain, jetant un billet de cinq cents francs sur le zinc.

– Merde, t'as pas plus petit ? gémit Aldo, repartant à sa caisse.

– Je te manque ? demanda Claude.

Romain sourit.

– Non.

Elle soutint son regard, l'œil gourmand.

– Je m'en vais, dit-elle.

– Vas-y, dit Romain.

Elle hésita.

– Jc t'embrasse.

– Je te suce, dit Romain.

Elle blêmit, tourna la tête.

Romain éclata de rire.

– Tiens, dit Aldo, j'ai pris ton ardoise là-dessus.

– Ça va pas! dit Romain, c'est pas mon fric.

– M'en fous.

– T'as raison, dit Romain, calculant rapidement, ça leur fait le café à cent vingt francs pièce, ils y verront que du feu.

– Tu parles! dit Claude.

– Viens, dit Romain, je te les présente.

– Oh non, dit Claude, ils ont l'air sinistres.

– Oui, dit Romain, et ils perdent à être connus.

Il s'éloigna avec son plateau.

Claude regagna son matelas d'un pas allègre, avec la certitude d'avoir réussi le difficile mariage de l'essentiel et de l'accessoire; comme si, se dit-elle, en songeant aux « orifices » chers à sa défunte mère, on me prenait par-devant et par-derrière. Symboliquement, s'entend. Elle sourit en s'allongeant au soleil, dégrafa son soutien-gorge et ferma les yeux.

Vers cinq heures, alors que le soleil perdait de sa force, que les premiers départs soulageaient le parking, que Nelly accueillait ses clientes âgées, que les cabines de la boutique se remplissaient, qu'Aldo, en sueur, agitait ses shakers et claquait les portes de ses réfrigérateurs, l'ombre de Romain tomba sur Dorothée endormie.

– Je te cherchais.

Dorothée le regarda.

– Sans blague, dit-elle. C'est un événement! On ouvre une bouteille?

– Pas d'ironie, dit Romain. D'abord, tu ne sais pas; ensuite, je travaillais pour toi.

Elle se dressa, alluma une cigarette.

– C'est-à-dire?

– Des amis qui aimeraient te connaître.

– Ah, dit Dorothée.

– Viens, je vais te présenter.

– Non.

– Quoi?

– Pas envie.

Romain la dévisagea en silence.

– J'ai sûrement mal entendu.

– T'as très bien entendu. J'ai pas envie.

– Ne sois pas bête, ils sont charmants, tu vas voir.

– C'est non, dit Dorothée. N'insiste pas.

Romain s'accroupit avec un sourire.

– Dis, la belle, t'as oublié tout ce que j'ai fait pour toi, ou quoi?

– J'ai rien oublié, dit Dorothée d'une voix blanche.

– Il y a un problème? dit Jean-Paul, paraissant brusquement.

Romain se dressa, urbain et souriant.

– Ça va s'arranger, mon Jean-Paul. J'ai des amis

à lui présenter. Elle a pas tellement envie. Alors, explique-lui.

– J'ai rien à lui expliquer. Elle fait ce qu'elle veut.

Il avait posé les mains sur les hanches, ses pectoraux hypertrophiés luisants d'huile solaire, tête baissée, plus buté qu'agressif. Romain secoua la tête avec commisération.

– On peut savoir ce qui se passe ici? Elle ne fait pas ce qu'elle veut, elle fait ce que je veux. Et si je t'ai confié sa jeune personne, c'est pas pour que tu me compliques la vie, c'est pour me la simplifier. Alors, dis-lui ce qu'elle a à faire avant que je m'énerve.

– Il y a pas à s'énerver, dit Jean-Paul, affrontant le regard de Romain. Je te les ai toujours gardées au chaud, sans problème, mais cette fois, c'est différent, c'est tout. C'est des choses qui arrivent.

Romain les regarda à tour de rôle.

– Dites, les enfants, vous rêvez ou quoi?

Dorothée garda la tête baissée, Jean-Paul eut l'air empêtré dans ses muscles, pas fier mais déterminé.

– Bon, dit Romain, ça suffit les conneries. Dorothée, ramène-toi.

Sa voix n'avait plus rien d'enjoué, elle claquait.

Dorothée secoua la tête.

Jean-Paul banda ses biceps.

– Laisse-la, dit-il.

Romain sourit.

– Okay, okay. Je peux te parler deux minutes?

– Oui, dit Jean-Paul, mais ça ne servira à rien.

– On s'explique, dit Romain, on dialogue, c'est vrai, quoi, on n'est pas des chiens!

– Bon, dit Jean-Paul, sans enthousiasme.

Il suivit Romain au bord de l'eau de son pas simiesque. Les pieds dans les petites vagues, ils se regardèrent.

– Bon, dit Romain. A quoi on joue?

– A rien, dit Jean-Paul. Elle veut pas; moi je veux pas, c'est comme ça. Trouves-en une autre.

– Trouves-en une autre, répéta Romain, hochant la tête, comme tu y vas... Tu connais la lutte brésilienne?

– Brésilienne? dit Jean-Paul, ça n'existe pas.

Romain se baissa brutalement, enfonça son coude dans le ventre de Jean-Paul, le déstabilisa en lui tirant le bras, le souleva et le renversa dans l'eau. Tout cela en commentant à haute voix :

– Avec la gauche, tu appuies, tu assures ton coup avec la droite, un jeu d'enfant! T'as compris?

Jean-Paul se releva, essuya le sable qui lui collait au corps, envoya un coup de poing meurtrier en direction de Romain qui l'esquiva en criant :

– Mais non! Pas comme ça! Regarde!

Il assura une clef à la nuque, se détendit brusquement, enfonça les deux pouces dans la gorge du plagiste et le renversant, lui tint la tête sous l'eau.

– Là! cria-t-il, tu vois? C'est pas la peine d'avoir des muscles à revendre si tu ne sais pas t'en servir!

Il relâcha Jean-Paul qui se releva crachant eau

et sable, ivre de fureur, se jeta sur Romain qui, d'un coup précis à la trachée, coupa et sa respiration et ses moyens. Il se tordit, s'écroula, cherchant désespérément à prendre de l'air, ne réussit qu'à émettre des sons plaintifs, les yeux écarquillés et ruisselants de larmes.

– Ça y est, dit Romain, il s'est fait mal!

Il s'agenouilla, berça Jean-Paul comme un bébé.

– On continue? Ou on s'arrête là? C'est comme tu veux. Moi, je ne suis pas fatigué.

Jean-Paul indiqua de la tête qu'il souhaitait en rester là.

– D'accord, dit Romain.

Il souleva Jean-Paul, l'aida à gagner le matelas de Dorothée aux pieds de laquelle il jeta le plagiste trempé, à moitié étouffé, agité de soubresauts nerveux.

– Il a tout à apprendre, dit Romain à Dorothée d'un ton désolé. Mais il va y arriver, je suis sûr. Tu veux essayer?

Dorothée le regarda.

– Non, je viens.

– Formidable, dit Romain, tu ne le regretteras pas, je t'assure.

Nelly acheva de nettoyer au jet les parois du « jaccouzi », accrocha son tuyau, jeta un regard à l'adolescente assise en silence sur le pan de mur qui marquait l'entrée de son territoire. Depuis bientôt quinze minutes, elle semblait guetter tous ceux qui quittaient la plage en route vers le parking.

– Tu veux quelque chose?

Chris secoua la tête, alluma une cigarette. Nelly s'approcha de son pas lourd, mains sur ses hanches généreuses.

– Tu m'en files une?

Chris lui tendit son paquet en silence. Elle se servit, hocha la tête, s'éloigna. Chris regarda les fesses massives ballotter sous le maillot trop tendu.

– Quel âge tu as, Nelly?

La grosse fille se tourna.

– Vingt-trois ans, pourquoi?

– T'es jeune.

– Non, dit Nelly. Les grosses ne sont jamais jeunes. Je suis vieille. Comme la terre.

Chris la regarda.

– Et tu les consoles, hein, Nelly?

– De tout, confirma Nelly. Quatre-vingts kilos de consolation. Toujours prête, toujours disponible. Si les larmes faisaient maigrir, je serais un squelette à l'heure qu'il est.

Chris sourit, se déhanchant légèrement pour suivre une musique au loin.

– Te marre pas, dit Nelly, peut-être qu'un jour t'auras besoin de moi.

Chris regarda l'énorme poitrine aux aréoles flasques et distendues, le ventre mou et bombé, frissonna.

– Je me marre pas, dit-elle.

Nelly la dévisagea, puis se remit à ranger son équipement.

Et Chris tourna la tête, sauta du mur à la suite de Romain qui venait de passer.

– Je t'attendais, dit-elle.

Il la laissa le rejoindre, l'accompagner jusqu'au sand-buggy décrépit où il jeta ses affaires.

– Alors ?

– Rien, c'est pour confirmer, c'est tout.

Il la regarda.

– Confirmer quoi ?

– Qu'on sort ce soir.

Les yeux verts brillaient de certitude.

– J'suis pris, dit Romain.

– Faudra te décommander, ce soir c'est nous deux.

Il lui sourit, lui prit les épaules, joua avec ses cheveux.

– Sinon ?

– Sinon, je dis tout à mon père.

Il lui embrassa le bout du nez.

– Salomé... Je m'en fous.

– Oui, dit Chris. Mais ça te servira d'alibi.

– Alibi ? Pour qui ?

– Pour toi. Tu pourras te dire : J'y vais pour protéger la mère. Et pas : Je sors avec la fille parce que j'en ai envie.

– Mais, en vérité, j'en ai envie ?

– Oui, dit Chris.

– Salomé, dit Romain. Salomé, laisse tomber.

– Non, dit Chris. Et si tu refuses, je dirai tout. Je le jure.

Il la regarda, Chris avala sa salive.

– T'es obligé, Romain.

Il hocha vaguement la tête.

– Vingt et une heures, à la citadelle?

– D'accord, dit Chris. C'est à toi, ce tas de boue?

Il s'installait au volant, lançait le moteur.

– Non, c'est une fiancée qui me l'a prêté.

Le sand-buggy s'avança.

– Encore une vieille peau? cria Chris.

Mais Romain accéléra sans répondre.

– A ce soir, cria Chris.

Pour toute réponse, au bout de l'allée, Romain leva la main avant de disparaître derrière la haie de roseaux.

La lune.

Elle ne chauffe ni n'éclaire vraiment. Elle montre plus aisément ce qui n'est pas que ce qui est, faisant d'un arbre penché une harpie en embuscade, d'un vélo renversé un animal agonisant.

Le clair de lune fait la nuit moins noire mais plus obscure. Il dénature, il suggère, il ment. Il trompe l'œil pour atteindre l'imagination. C'est un prestidigitateur.

Tandis que la main droite exhibe un foulard, une boîte, un bâton, la gauche peut impunément saisir l'accessoire qui assurera l'effet suivant. Tandis que la lune, cette nuit-là, jouait avec les toits, les vignes et les citronniers, les méduses arrivaient.

Par milliers.

Une armada gélatineuse portée par le courant chaud, mauve, bleue, rose, fuchsia, d'une infinie variété de teintes, tout agitée de dilatations, de pulsations, d'ondulations.

Elles investirent le littoral avec infiniment de discrétion, comme une chorale disciplinée gagnant la coulisse avant le rideau.

Shampooinée, maquillée à peine, vêtue d'un jean moulant et d'une chemise western au rabat déboutonné dont la teinte vert sombre faisait chanter son hâle, Chris fut au lieu-dit avec dix bonnes minutes d'avance.

La citadelle, ainsi nommée parce que ce parking peu fréquenté et haut perché avoisinait une ruine médiévale, était déserte. La tour, effondrée par-ci, escarpée par-là, semblait une main mutilée dressée vers le ciel. Au sud, une barrière branlante offrait une dérisoire protection contre le vide. Et loin en contrebas s'étendait la ville, ruelles imbriquées, entrecroisées, menant presque toutes, directement ou indirectement, au port ou à la place du Marché.

Chris attendait près de la barrière, tournée vers la tour en ruine qu'elle étudiait avec soin, comme si elle trouvait un réconfort à ce moignon de pierre, drapé de lune, témoin muet d'événements lointains et oubliés.

Longtemps avant qu'il ne parût, avant que la lumière de ses phares ne dansât sur les vieux murs, elle avait entendu le moteur du sand-buggy, en avait suivi par la pensée la trajectoire de virage en virage, jusqu'à ce que le véhicule brinquebalant et ronflant, vieux crabe d'acier et de plastique, surgisse d'un coup et sans ralentir vienne droit sur Chris, l'inondant de lumière blanche.

Elle resta droite et consentante, comme la future victime d'un sacrifice auquel depuis longtemps elle se savait promise.

– Tu pensais que je n'allais pas venir? demanda Romain.

– Non, dit Chris.

Elle le rejoignit lentement et s'assit à côté de lui.

– Tiens, dit Romain.

Il déposa quelque chose sur ses genoux, démarra en trombe. Elle ramassa la chose, l'étudia. C'était une sucette.

– Contente? dit Romain.

– Très, dit Chris.

Elle rangea la sucette dans sa poche. Romain lui jeta un regard, puis se concentra sur la route qu'il dévalait au mépris des plus élémentaires précautions, jetant le buggy dans les virages comme si une cohorte de tueurs les talonnait de près.

En dix minutes, ils avaient quitté la ville et

longé la nationale pour atteindre le grand carrefour où se dressait le centre commercial. Au-delà, sur un terrain vague que surplombait le parapet de béton de l'échangeur, la fête foraine brûlait de ses mille néons, broyait simultanément cent musiques différentes; grondait et tournoyait et vrombissait et clignotait dans un tintamarre psychélédique.

– Voilà, dit Romain, tirant le frein à main. Tu pourras choisir. La grande roue, le train-fantôme, la fusée de la mort, le scenic railway. Je veux que tu t'amuses, ce soir.

Le visage de Chris, éclaboussé de vert et de rouge, se tourna lentement vers Romain.

– Bon, dit-elle. Viens.

Elle lui prit la main, le mena tout droit au manège le plus haut, le plus éclairé, le plus bruyant dont la piste tournoyait dans la nuit en arabesques vertigineuses, ménageant loopings, chute libre, arrêt complet la tête en bas, et autres gâteries à qui serait assez masochiste pour s'y risquer.

– Super, dit Romain.

Et il précéda d'un pas enthousiaste Chris sur la plate-forme où on les sangla côte à côte dans un chariot d'acier avant de les expédier dans un grondement d'enfer.

Secoué, suspendu, catapulté, soumis à des vibrations, des cahots, des démarrages foudroyants, des arrêts brutaux, ballotté et brutalisé, Romain eut l'air de s'amuser comme un fou.

Grave et calme à côté de lui, Chris le regardait.

A l'arrivée, Romain se dressa, cria :

– Fantastique. Faudra qu'on le refasse celui-là!

Et entraîna Chris vers un autre cauchemar de néon et d'acier.

Mais Chris lui passa les bras autour du corps, le ceintura, l'obligea à s'arrêter.

– On s'en va.

– Qu'est-ce qu'il y a? Tu t'amuses pas?

Elle se contenta de le fixer.

– Bon. Où tu veux aller?

Le regard de Chris ne vacilla aucunement.

– Sur ton bateau.

Le cabin-cruiser gagna le large sans précipitation, suivant une trajectoire courbe.

Assise, immobile, à l'arrière, Chris attendait.

Une fois l'ancre mouillée, Romain disparut dans la cabine, remonta avec une radio-cassette qu'il manipula un moment, jusqu'à ce qu'il obtienne une musique qui lui plaisait. Après quoi il s'accouda au bastingage, poussa un soupir.

– Pauvre Salomé, dit-il, sans la regarder.

Elle ne broncha pas, assise bien droite sur la plage arrière, dos à la lune qui soulignait sa silhouette.

– Pauvre Salomé qui aura tout essayé. Depuis deux ans. Elle me suit, elle me précède, elle me traque, elle me snobe, elle me vampe, elle m'attend. D'abord une petite Salomé de quatorze ans, puis quinze et maintenant seize. Toujours là. Toujours là avec ses yeux verts. Hein, la belle?

– Oui, dit Chris.

– Je me suis dit : elle va se lasser. Ça va lui passer. Mais non. Ça ne lui a pas passé.

– Non, dit Chris.

Il secoua la tête, se souleva pour se hisser sur le rebord extérieur du pont, s'y assit, étudia la petite silhouette immobile et butée de l'adolescente, poussa un soupir.

– Qu'est-ce qu'on va faire?

La tête de Chris tourna doucement, son profil grave attrapant un peu de lumière.

– Pourquoi as-tu sauté ma mère?

Il haussa les épaules.

– Parce que j'en avais envie.

– Non.

– Elle me plaisait.

– Non.

Il ne dit plus rien.

Elle le regarda.

– Dis-moi la vérité.

– Si tu veux, dit Romain. La vérité, c'est que tu ne m'intéresses pas. Et qu'en plus tu ne peux m'être d'aucune utilité. Clair?

La silhouette immobile secoua lentement la tête.

– Écoute, dit Romain, tu me fais peur. Tu es tellement lisible, tellement banale, tellement évidente, que c'est à pleurer. Chris, ma belle, je sais tellement ce que tu vas devenir.

– Ah ? dit Chris d'une voix blanche, qu'est-ce que je vais devenir ?

– Tu veux vraiment que je te dise ? Dans quelques années, tu seras mariée avec un type très bien, ternouille mais solide, fiable, tu auras deux gosses, un bel appart, peut-être un domestique ou deux, et un chien chic genre griffon cortal. Tu ne seras plus aussi belle qu'aujourd'hui, mais tu seras élégante, racée, chiante. Tu n'auras ni le charme ni les fêlures de ta mère, tu seras une épouse, une mère et une mondaine tous terrains. Tu continueras à ne connaître que les rapports de force et ça t'aura rendue aussi sèche qu'une biscotte de régime. Et le pire, ma belle Salomé, c'est que tu seras heureuse. Je te le jure. Tu feras chier ton fils s'il est nul en maths, et tu habilleras ta fille chez *Bonpoint,* et vous irez en famille à l'île de Ré en juillet. Ton mari fera de la voile, du tennis et du ski. Vous baiserez de temps en temps, comme ça, pour entretenir, mais au fond de toi ça te plaira de moins en moins. Et si, à quarante berges, tu rencontres jamais un type dans mon genre, tu lui cracheras dessus. Voilà, la belle, tout ça je le *sais,* c'est mon métier de le savoir.

– Ton métier, dit Chris, très calme, c'est de baiser les nanas.

– Oui, dit Romain.

– Alors, baise-moi.

– Non, dit Romain.

Chris se tourna vers le large, médita un moment et dit :

– Je t'aime.

– Non, dit Romain, tu ne sais même pas le dire.

Ils se turent tous deux un long moment, mesurant la distance que Romain venait de mettre entre eux. Un frisson sembla parcourir le corps de Chris, qui se pencha un peu, les yeux baissés vers la masse sombre des flots; elle fronça le sourcil, se pencha encore pour mieux voir la surface de l'eau à la lumière rasante qui émanait de la cabine. Puis elle se releva, s'approcha de la radio-cassette, monta le volume.

– Si tu m'appelles Salomé, c'est que c'était une fille dans mon genre, c'est ça ?

– Oui, dit Romain. En tout cas c'est comme ça que je la vois.

– Bon, dit Chris. Elle a dansé, non ?

– Elle a dansé, dit Romain, regardant les vêtements de Chris tomber sur le pont. Est-ce que tu sais pourquoi elle a dansé ?

Chris ne répondit pas. Elle dansait.

Nue, les yeux fixés sur Romain, elle dansait. Et ses seins dansaient, et ses cheveux dansaient, et la lune dansait sur sa peau.

Romain, cloué par son regard, ne put s'empêcher de sourire.

– Je t'aime bien quand même, dit-il.

Elle hocha la tête, le fixant toujours, dansa loin,

dansa près, s'éloignant un peu plus, se rapprochant un peu plus, poussa Romain de toutes ses forces.

Par-dessus bord.

La masse compacte et gélatineuse s'écarta à l'instant où il frappait l'eau, se referma sur lui.

Chris poussa un long hurlement rauque.

La douleur était celle d'une énorme décharge électrique, une rafale de brûlures vives, acérées, s'enfonçant dans sa chair. Presque aussitôt, son cœur devint irrégulier, et la première pause respiratoire se produisit à peine cinq secondes après sa chute.

Il s'agitait néanmoins pour rester en surface, et ses mains, allant et venant parmi les cloches et les tentacules, enflaient et pelaient et se racornissaient.

Il voyait Chris au-dessus de lui, sur le pont. Il voyait qu'elle parlait et qu'elle pleurait.

Elle disait qu'elle n'avait jamais aimé que lui, qu'elle n'aimerait jamais que lui.

Romain ne respirait plus.

Il s'enfonçait puis réapparaissait, et son œil terni restait braqué sur Chris dressée nue contre le ciel comme la figure de proue d'un galion dans la nuit.

X

Tout est bien qui finit bien

Parti de Lyon au petit jour, Raymond Lassens fut à l'hôtel anonyme qu'il avait soigneusement choisi vers dix heures.

Il s'y doucha, revêtit la tenue de plage qu'il avait eu quelque peine à glisser dans sa valise à l'insu de sa femme, prit un café et mit le cap sur la mer.

Si proche du but, il éprouvait une assez agaçante confusion de sentiments. Les fables qu'il avait imaginées pour justifier son départ imprévu, les précautions qu'il avait prises pour les étayer en cas de besoin (relais téléphoniques soigneusement organisés auprès d'amis « sûrs » à qui il avait fait des « briefings » précis et nombreux), tout cela avait pris tant de proportions que la finalité de l'entreprise s'en était trouvée éclipsée. A peine avait-il eu le loisir d'y songer autrement que par intermittence et à seule fin d'alimenter sa détermination lorsqu'elle menaçait de faiblir.

Il ne cessait de chercher des failles dans son dispositif, passait en revue dans son imagination tous les concours de circonstances contre lesquels il serait mal prémuni, et cela tournait à l'obsession.

La plage ajouta à son malaise. S'étendre au soleil, seul, sans son fils, lui paraissait subitement incongru. Il avait beau se répéter que c'était le lot de n'importe quel célibataire en vacances, il se sentait nu au propre comme au figuré, et cela sans parler du risque qu'il courait de rencontrer une connaissance.

Et puis, à mesure que la plage se remplissait et que Chris ne paraissait pas, il se demanda si elle ne serait pas déjà partie, s'il n'aurait pas comploté en pure perte.

Enfin, dernière mais considérable déconvenue : alors qu'il gagnait le bord de l'eau, notait sans y prêter grande attention l'absence de tout baigneur et s'apprêtait à plonger, une voix lui dit :

– Vous êtes fou ?

Lassens s'arrêta net, regarda, ahuri, la femme plutôt jolie qui l'avait apostrophé.

– Je vous demande pardon ?

– Regardez autour de vous.

Perplexe, il obéit, remarqua un petit garçon qui courait avec une épuisette rejoindre une petite fille occupée à agrandir un trou dans le sable, y verser le contenu de son filet. La chose, en basculant dans le trou, se déplia un peu, révélant filaments et cloche aux teintes irisées.

Lassens baissa alors les yeux vers l'eau à ses pieds et fit un bond en arrière.

De quelque côté qu'il se tourne, les méduses par

milliers flottaient à perte de vue, suspendues dans l'eau comme des parachutistes qui se seraient noyés sans bruit ni indignation.

Claude et Pierre Rivault petit déjeunèrent en amoureux dans la chambre, assez tôt, car l'avion de Pierre décollait à midi.

D'un commun accord, ils ne réveillèrent pas Chris dont ils contemplèrent un instant, côte à côte sur le seuil, le sommeil profond.

– Elle est belle, ta fille, dit Claude.

Il sourit. L'adolescente, étendue dans le désordre de ses draps, impudique comme seuls les enfants savent l'être, justifiait bien quelque fierté parentale.

Puis Claude accompagna son mari au parking, lui prit le bras en marchant, se félicitant de le retrouver à Paris dans trois jours, contente somme toute que les vacances se terminent, mais pas mécontente non plus de disposer encore de trois jours pour épuiser les joies de l'adultère.

Un petit rire de plaisir lui échappa.

– Quoi ? demanda Pierre.

– Rien, dit Claude.

Elle se serra contre lui, l'embrassa.

– Tu m'appelles en arrivant ?

– A la plage ?

– Oui.

– Si tu veux.

Il ne le ferait pas, c'était sans importance.

Du fait de l'impossibilité de se baigner, et de la chaleur qui allait croissant, la douche connaissait un franc succès. On y faisait la queue, sans maugréer, acceptant l'état de fait de bonne grâce.

Lassé de guetter l'allée du parking depuis son matelas, Lassens naviguait entre la douche et le bar depuis plus d'une heure, et son malaise allant grandissant, il le soignait au scotch tant et si bien qu'à midi il titubait légèrement sur le sable, et ne jouissait plus d'une diction parfaite.

Quand Chris parut près du restaurant, se dirigeant vers son matelas, le Lyonnais revenait de la douche, le cheveu collé, l'œil voilé. Il se figea, puis marcha avec un grand sourire vers l'adolescente qui le croisa sans un regard.

Lassens resta un instant stupéfait au milieu de l'allée, regardant Chris jeter ses affaires sur le sable et quitter d'un geste souple son tee-shirt vert. Le corps ferme et cambré de l'adolescente lui causa une douleur aiguë tant il rejoignait l'image qu'il avait emportée sur l'autoroute.

Aussitôt son sac déposé, Claude repartit en direction du bar. Lassens avança de son pas incertain, s'arrêta devant le matelas où Chris se couvrait d'huile avec application.

– Je suis revenu, dit-il.

Elle le regarda, vaguement perplexe.

– Revenu ? Ah oui, c'est vrai, vous deviez partir. Changé d'avis ?

Il fronça le sourcil.

– Je suis parti, dit Lassens, et je suis revenu.

Il la regarda, ajouta :

– Sans mon fils.

– Dommage, dit Chris. Il ne pouvait pas vous accompagner ?

Lassens avala sa salive.

– Je ne comprends pas très bien, là.

– Quoi ? dit Chris.

Elle le dévisageait avec ses yeux qui eussent été innocents sans cette lueur froide qui dansait dans le vert.

– Il est arrivé quelque chose à Romain, dit Claude, prenant possession de son matelas et jetant un regard à Lassens.

– Comment ça ?

– On a retrouvé son bateau échoué dans une crique de l'autre côté.

– Et il n'était pas dedans ?

Claude secoua la tête. Malgré son inquiétude, elle se demanda où elle avait déjà vu l'homme dégarni qui se dandinait devant Chris.

– Il a dû vouloir faire le con, cette nuit, et il s'est planté, dit Chris. Ça ne sera pas la première fois.

– Peut-être, dit Claude.

Lassens recula lentement, se tourna, s'éloigna en

direction du bar. Il s'y installa, commanda un double scotch.

– Demande à Jean-Paul, dit Chris. Si t'es inquiète. Il doit savoir où il est.

Claude baissa les yeux, s'allongea sans un mot.

– Bonjour, dit Barbara.

Chris se tourna avec un sourire.

– Tu vas bien ?

Elles s'embrassèrent, et Barbara salua Claude de la tête.

– Et votre mari ? demanda Claude.

Barbara se tourna vers Chris.

– Il... il ne vient pas aujourd'hui.

– Ah, dit Claude. Décidément, c'est la journée.

Elle referma les yeux.

Barbara jeta à Chris un regard interrogateur.

– Laisse, dit Chris. Je suis contente de te voir. Installe-toi.

Barbara s'installa.

– Impossible de se baigner, dit-elle, plein de méduses.

– Je sais, dit Chris, c'est la barbe.

A deux heures passées, Lassens, perché sur son tabouret comme un vautour morose, ruminant l'amertume et l'alcool à doses à peu près égales depuis un long moment, lança le bras pour agripper celui de Chris, venue commander un Coca.

– Je suppose que t'es contente de toi ?

Elle le dévisagea.

– Pourquoi ?

– Ça doit t'amuser, ce genre de coup ?

Elle le toisa, très froidement.

– Ce qui m'amuse très peu, c'est qu'un connard que je ne connais même pas vienne m'attraper le bras. Lâchez-moi.

– Tu dois le faire souvent, non ? Juste pour voir ce que ça donne.

Elle arracha son bras, le massa, remercia Aldo de la tête, et s'apprêta à quitter le bar avec son verre.

– Je te parle, dit Lassens, descendant de son tabouret pour empêcher Chris de repartir.

– Oui, oui, dit Chris. Je m'en suis aperçue. Vous devriez chercher ailleurs. J'sais pas, moi, quelqu'un de votre âge peut-être.

Il serra les dents, la gifla de toutes ses forces.

Elle se cogna au comptoir, renversa deux verres, s'accrocha à un consommateur pour ne pas tomber. Aldo prit la première chose qui lui tombait sous la main, en l'occurrence un gros et lourd bac à glace, l'envoya avec force dans la figure de Lassens, lui ouvrant la lèvre supérieure et brisant trois dents sur pivot (céramo-métalliques), valant cinq mille francs pièce.

Lassens s'affaissa arrosant le sable de sang, tenta de se redresser mais, succombant à l'alcool et au choc réunis, perdit connaissance.

Vers quinze heures, ce même jour, un puissant runboat de marque Abatte accosta à proximité de la capitainerie d'un port, quinze kilomètres plus bas sur la côte. En descendit un Italien nommé Peraggi qui déclara avoir repéré un corps au large.

Repêché dans l'heure, le corps fut acheminé à la morgue de Toulon où les autorités eurent pour l'identifier des handicaps sérieux à surmonter. Aux effets coutumiers consécutifs à un séjour prolongé dans l'eau, s'ajoutait une réaction de nature allergique que les filaments de méduses collés au corps expliquaient aisément. Boursouflé et dilaté, le visage n'avait plus traits reconnaissables; yeux, nez et bouche comme aspirés au fond des chairs tuméfiées, étouffés par les bourrelets et les bouffissures, avaient disparu.

Dans les poches de la victime, un trousseau de clefs, une liasse de billets, des pièces de monnaie.

De toute évidence, il faudrait attendre les avis de recherche, et par les voies habituelles, tôt ou tard, l'homme sans visage aurait un nom.

C'est Nelly qui donna les premiers soins à Lassens. Elle disait avoir été infirmière, ce que personne ne croyait, mais disposait d'une boîte à pharmacie dont elle usait pour panser les enfants égratignés.

Lassens fut ensuite dirigé vers un dentiste extrêmement âgé qui retira ce qui restait des coûteuses prothèses et les remplaça par des dents provisoires.

Lassens put enfin contacter son réseau téléphonique, s'assurer que sa femme n'avait pas essayé de le joindre, puis prendre de ses nouvelles et lui donner des siennes. Après quoi, il dîna rapidement à son hôtel et se coucha.

La soirée ne fut pas particulièrement gaie pour Claude non plus, que la disparition de Romain troublait, et qui dîna seule, Chris étant partie danser avec son amie Barbara.

Elle finit par appeler Guillaume Lamotte qui fut content de l'entendre, et l'invita à monter prendre un verre à la villa.

– Non, dit Claude, pas à la villa. Descends, toi. On fera les bars.

– Non, dit Lamotte. Je ne sors plus.

– Depuis quand ?

– Quelques jours, dit Lamotte. Plus envie.

– Mais tu ne t'ennuies pas, tout seul dans la villa ?

– Pas vraiment, dit Lamotte. J'attends.

– Ah oui ? Qui ?

– Qui ou quoi, dit Lamotte, avec un drôle de rire. A bientôt, Claude.

Il raccrocha.

Il va mourir, pensa Claude.

Elle se coucha, déprimée.

Le lendemain, au petit déjeuner, elle proposa à Chris de rentrer à Paris.

– Si tu veux, dit Chris. Ce soir ou demain matin. Aujourd'hui, j'ai un truc à faire.

– Quel truc ?

– Un truc.

– Bon, alors, ce soir. Je vais téléphoner pour réserver.

– Voilà, dit Chris : dernière journée de plage.

Ce fut une journée terne.

Chris resta étendue au soleil, bavardant avec Barbara. Même les Ostreich avaient disparu. Et ce fou qui avait agressé Chris traînait au bar, l'œil morose, la bouche enflée. Claude n'avait le cœur à rien.

Au déjeuner, elle fit part à Chris de sa conversation avec Lamotte, parla aussi de Vic et Marianne qui lui manquaient.

– Et papa ? dit Chris. Il ne te manque pas ?

– Si, dit Claude. Bien sûr que si.

– Et Romain ?

Claude haussa les épaules.

Repartant vers le parking, Lassens s'arrêta devant le « jaccouzi » où Nelly flottait comme un hippopotame dans les bulles.

– Merci pour hier, dit-il.

– C'est rien, dit Nelly. Tu veux essayer ?

Il la regarda, secoua la tête.

– Non, merci.

– Okay.

Elle le dévisagea gravement.

– Ce soir, okay ?

– Pardon ?

– On se verra ce soir.

Il la regarda, énorme, épaisse de peau, de cheveu, de traits.

– Peut-être, dit-il, je ne sais pas.

– Moi, je sais, dit Nelly.

Et son rire gras, roucoulant, moqueur, le poursuivit jusqu'au parking.

Au milieu de l'après-midi, Chris quitta la plage avec Barbara.

– Je reviens tout à l'heure, dit-elle à sa mère.

– N'oublie pas qu'on a un avion à prendre, dit Claude.

– Je n'oublie rien, dit Chris.

Guillaume Lamotte ne manifesta aucun étonnement à voir Chris et Barbara, les accueillit avec son habituelle courtoisie, au bord de la piscine.

– Barbara, dit Chris, est une copine. Allemande. Très sympa.

Barbara rougit.

– Asseyez-vous, Barbara, dit Lamotte. Café ? Un alcool ?

– Café pour moi, alcool pour elle, dit Chris.

– Non..., commença Barbara.

– On ne discute pas, coupa Chris, avec autorité.

Barbara ne dit rien.

– J'ai de la prune, dit Lamotte. Excellente.

– Juste ce qu'il lui faut, dit Chris.

Tandis que Lamotte communiquait avec sa Portugaise, Chris quitta ses vêtements, y compris son maillot, et plongea dans la piscine.

Un peu orpheline, soudain, près de Lamotte, Barbara regardait Chris exécuter une élégante longueur de bassin, se hisser sur le rebord, s'y asseoir et sourire de loin à son amie, nymphe brune et bronzée constellée de gouttes d'eau.

– Tu viens ? dit-elle.

Barbara ne bougea pas.

– Allez-y, dit Lamotte. Je la chauffe à vingt-cinq.

Barbara se leva, dit bizarrement « merci », hésita, se dévêtit. Ayant conservé le bas de son maillot, elle se dirigea vers le plongeoir.

– Les maillots sont interdits ici, dit Chris, balançant ses jambes, brassant l'eau avec ses pieds.

Barbara se figea.

Les deux filles se dévisageaient d'une extrémité à l'autre de la piscine. Lamotte regardait Barbara avec détachement.

– Ne sois pas bête, dit Chris.

Barbara fit glisser son maillot, s'avança nue sur le plongeoir, et sans élan exécuta un plongeon parfait.

Chris la rejoignit dans l'eau, et bientôt elles riaient ensemble, s'agrippaient l'une à l'autre et s'entraînaient au fond du bassin.

La Portugaise apporta un plateau, s'éclipsa. Lamotte remplit avec soin verre et tasse.

Les deux filles sortirent de l'eau, s'approchèrent côte à côte. Chris tenait Barbara par la taille. La finesse de la brune mettait en valeur la rondeur harmonieuse de la blonde.

– Tenez, dit Lamotte. On la prépare spécialement pour moi. Dites-moi ce que vous en pensez.

Barbara but, sourit à Lamotte.

– Très bon, dit-elle.

– Je trouve aussi, dit Lamotte.

Chris, qui sucrait son café, sourit à Barbara.

– Elle n'est pas superbe, ma copine?

– Superbe, dit Lamotte, d'un ton presque neutre.

Chris revenait à Barbara.

– Normalement, dit-elle, avec ce style de corps, tu n'as pas ce genre d'attaches.

Elle glissait sa main sur les hanches de Barbara.

– Arrête, dit Barbara.

– Non, dit Chris sans la regarder. Généralement, elles ont un côté matrone, cuisses courtes, cul bas. Alors que là, c'est élancé, même si c'est musclé.

– S'il te plaît..., dit Barbara.

– Donne, dit Chris.

Elle prit le verre de Barbara, le remplit de nouveau, et le lui tendit.

Barbara but de nouveau.

Lamotte les regardait, immobile et silencieux.

Chris et Barbara s'allongèrent sur des matelas. Il y eut un temps.

– Ta mère m'a appelé hier soir, dit Lamotte.

– Je sais, dit Chris.

– Elle va mieux ? demanda Guillaume.

– Oui, dit Chris. Ça va passer, c'est rien.

– Je pense aussi, dit-il. Vous partez quand ?

– Tout à l'heure, dit Chris. Je sèche et je m'en vais. Ça ne t'embête pas si Barbara reste un peu ?

Lamotte regarda la blonde immobile aux yeux fermés.

– Pas du tout, dit-il.

Sur la plage, Chris trouva sa mère rhabillée, assise au bar, blême, et qui l'attendait.

– Viens, on s'en va.

– Qu'est-ce qui se passe ? demanda Chris.

– Il est mort, dit-elle. Romain est mort.

Chris la fixa.

– C'est pas possible.

– Si. Paraît qu'il serait tombé de son bateau.

– Et alors ? Ça ne suffit pas pour...

– Les méduses, dit Claude.

Chris prit le temps de comprendre.

– Merde, dit-elle.

Elle tourna la tête, fixa tour à tour Aldo, au bar, Jean-Paul, sous son parasol de plagiste, Dorothée aux tables de backgammon, Simon, le Noir qui servait les matelas, et sur tous les visages se lisait la mort de Romain.

Chris prit la main de Claude.

– T'as raison, dit-elle. On s'en va.

Sur le chemin du parking, elles croisèrent Lassens qui traînait près du « jaccouzi ».

Ils ne se regardèrent pas.

Nelly, en larmes, nettoyait son matériel.

– Je voulais te demander, dit Lassens.

– Oui ?

Il vit ses yeux mouillés, fronça le sourcil.

– Je t'écoute, dit Nelly.

– Ce soir, dit Lassens. Où et à quelle heure ?

Quinze minutes après le décollage, Claude commença à se sentir mieux.

Elle méditait, un scotch à la main, dans le confort du salon des premières classes, et le bourdonnement des réacteurs, les attentions des hôtesses, l'idée de retrouver l'avenue de Suffren, Pierre, l'étoffe coutumière de son existence, lui donnaient du réconfort.

L'idée lui vint, absurde certainement, mais convaincante aussi, que la mort de Romain donnait un sens et même un ton à ce qu'elle avait vécu avec lui.

Elle se demanda si, tout compte fait, il ne l'avait pas vraiment aimée...

Et finit par s'avouer, le scotch aidant, que ç'avait été des bonnes vacances.

Coupable, un instant, à cette pensée, elle jeta un regard à Chris, assise à côté d'elle.

Chris s'était acheté une pile de magazines à l'aéroport; elle lisait un article qui donnait les meilleures recettes pour prolonger le bronzage après les vacances.

XI

Bric-à-brac

Que sont-ils devenus ?

Éparpillés à droite et à gauche, ils n'ont de commun que de s'être trouvés sur cette plage-là, cette année-là.

Autant dire qu'en les passant en revue ici, longtemps après, on obtiendra nécessairement ce bric-à-brac dont parlait Guillaume Lamotte; imperméable à l'analyse et d'un intérêt, peut-être, limité.

Mais l'hétéroclite sécrète un enseignement, tout comme le dérisoire. Lamotte le savait, même s'il répugnait à l'admettre. Il y faut quelque humilité.

Miriam est restée là-bas, s'est mariée avec J.-J. Ils ont vendu la station-service et ouvert une solderie qui leur donne des satisfactions et aussi du travail. Ils ont deux enfants, des garçons, et Miriam en attend un troisième. Miriam espère avoir une fille. Elle sera déçue. Elle n'a depuis fort longtemps aucune nouvelle de son amie Dorothée, l'autre facturière du Printemps.

Dorothée vécut un peu plus d'un an avec Jean-Paul dans une chambre de bonne à proximité du cimetière du Montparnasse. Puis elle le laissa pour un restaurateur divorcé, bibliophile à ses heures, de dix ans son aîné. Elle le regretta assez vite, se résigna un an ou deux, puis repartit. Les emplois et les hommes ont défilé depuis, cahin-caha, comme les saisons. Aujourd'hui, Dorothée tient le vestiaire du *Navy Club,* boulevard de l'Hôpital, à Paris.

Jean-Paul a épousé l'année dernière une jeune veuve qui avait un peu d'argent. Ils l'investirent dans une salle de gym près de la porte d'Italie qui les nourrit à peine et leur donne du souci.

Aldo s'est tué en voiture, un soir de Nouvel An, sur une route verglacée au nord de Saint-Quentin.

Nelly est maigre aujourd'hui. Elle se drogue. Elle habite Toulouse.

Peter est toujours à Munich. Il s'est remarié, et sa deuxième femme, Eike, lui a donné quatre beaux enfants. Peter dirige aujourd'hui une entreprise modeste mais florissante. Il travaille énormément, s'enrichit énormément. De sa première épouse, qu'il laissa en France et n'a jamais revue, il ne parle jamais, pas plus qu'il n'a conservé d'elle la moindre photo, la moindre lettre. Quand il croise les parents de Barbara, il se montre courtois et rien de plus. On aimerait pouvoir écrire que, dans la perte de sa femme, il a conscience de n'avoir été ni plus coupable ni plus innocent qu'elle.

Barbara épousa Guillaume Lamotte huit mois après que Chris l'eut abandonnée au bord de sa piscine, et resta avec lui jusqu'à sa mort, deux ans plus tard. Ce fut un très bon mariage, marqué par une complicité de tous les instants. De l'avis général, on n'avait jamais vu Lamotte aussi heureux que pendant ces deux dernières années de sa vie. Chris ne donna jamais, à qui que ce soit, son sentiment sur ce mariage tardif du vieux Lamotte. Le peintre mourut à Choisel, un mardi après-midi, au milieu d'une phrase. Infarctus foudroyant. Le début de la phrase était : « Je me demande si... »

Barbara a conservé l'appartement de Passy, ainsi que la gentilhommière de Choisel. Elle a vendu la villa. Depuis la mort de Guillaume, elle vit seule, mais elle voit beaucoup aujourd'hui un jeune éditeur, Autrichien d'origine, que lui a présenté Marianne.

Oui, elle s'entend bien avec Marianne. Elles déjeunent ensemble souvent, et cela pratiquement depuis le début, mais plus particulièrement depuis le divorce de Marianne.

Un divorce sans histoires, simple régularisation d'un état de fait. Marianne s'éloignait doucement de Vic depuis longtemps et s'est trouvée tout naturellement, un beau matin, sur le seuil, une valise à la main. Elle est directrice littéraire de la maison d'édition de l'Autrichien.

Installé dans un luxueux *penthouse* à Saint-Cloud, Vic partage la majeure partie de ses loisirs entre le golf, qu'il pratique assidûment, et une psychanalyse interminable sous la férule d'une praticienne froide et autoritaire, de son propre aveu homosexuelle, et dont il est amoureux sans espoir. Cette phase, dite de « transfert », en principe de courte durée, s'éternise à la satisfaction de Vic qui ne trouvera jamais assez d'occasions de se punir. Il ennuie ses fils un weed-end sur deux avec « ses problèmes » et les voit sans surprise le quitter avec toujours davantage de soulagement le dimanche soir. Il ne voit plus du tout Claude, qui, en revanche, a conservé des liens lâches mais durables avec Marianne.

Claude a peu changé, même si elle pense le contraire. Elle demeure belle, angoissée et active. D'autant plus active que la carrière de Pierre a pris le tournant que l'on sait. A l'intention de qui ne regarde ni télévision ni journaux, rappelons qu'à la suite d'un changement de majorité, Rivault a été rappelé « aux affaires » pour y appliquer enfin, *in extremis,* et malgré la bruyante réticence de bon nombre de ses propres alliés politiques, les méthodes et les idées qu'il n'avait cessé de préconiser; qu'il s'y emploie sans transiger et subit de ce fait l'extrême impopularité qui est le lot de ceux qui mettent à mal les indéracinables rêves collectifs. Claude sait qu'il n'y est pas insensible, et lui apporte avec tact et doigté un soutien précieux. Ainsi, ils n'ont guère le temps de songer à la lente détérioration de leurs rapports avec Chris.

Mariée dès vingt et un ans, contre l'avis de sa famille et de ses amis, avec un jeune phlébologue de trente-quatre ans à qui elle a donné deux filles, Chris habite avenue de Messine deux cent cinquante mètres carrés trop meublés et très moquettés.

Toujours belle, quoique légèrement sèche, elle n'a plus grand-chose de commun avec l'adolescente de jadis. On a un peu l'impression qu'au fond d'elle-même une lumière s'est éteinte. Les yeux verts n'ont plus la magie d'autrefois, ni sa peau, ni ses cheveux, ni son corps. Elle est une parmi des milliers et semble s'enorgueillir d'épouser aussi étroitement un modèle aussi anodin. La banalité de sa vie, de sa conversation, de son comportement semble être le fruit d'une décision qu'elle aurait prise seule et pour toujours.

Ce conformisme froid et volontaire amena Pierre et Claude, peu à peu, à ne plus trouver en eux matière à lui parler et puis, tout simplement, à l'aimer. Ils ne se font plus, désormais, qu'un devoir de la voir, et il semble que cela corresponde très exactement à ce que Chris attend d'eux.

Plus personne, d'ailleurs, ne l'appelle Chris. Elle est Christine pour tout le monde, sauf Claude.

Travailleur, dévoué, grave, à la fois attentif et imperméable à tout ce qui – pour Claude, du moins – fait le prix de la vie, le phlébologue, qui se nomme Osmond et qui reçoit rue de Longchamp, a une passion pour sa femme qui se manifeste par une profusion de cadeaux, des attentions multiples, un empressement ouaté de tous les instants. Chris se montre avec lui courtoise, souple et distante.

Les filles de Chris sont toujours bien habillées, bien coiffées, polies. La cadette a cependant des yeux très verts et une propension à courir nue dans l'appartement après son bain, propension qui donne lieu à de sévères réprimandes. C'est la favorite de Claude, mais Chris craint que sa mère n'ait une influence néfaste sur elle, et la lui confie de moins en moins.

A qui s'inquiéterait (légitimement d'ailleurs) de savoir si, des événements rapportés ici, il lui reste quelque trace perceptible, la réponse est oui. Elles sont au nombre de deux et se trouvent l'une sur son épaule droite, l'autre sur son sein gauche.

Table